이 글은 편견과 차별 너머에 있지만
나와 다르지 않은 누군가의 일상에 관한 이야기입니다.
학교 안과 밖에서 삶을 꾸려나가는 모든 청소년에게,
청소년기를 지나가고 있거나 지나갔을
우리 모두에게 이 책을 바칩니다.

🍃 소에세이 1
열다섯, 그래도 자퇴하겠습니다

초판 1쇄 발행 2022년 8월 25일
　　3쇄 발행 2023년 7월 25일

지은이　송혜교
발행인　황시원
책임편집　한고은
편집　스토리다움
디자인　김민경
마케팅　박소현
교정교열　주하나
인쇄 및 제책　영림인쇄
펴낸곳　파란소나기

출판등록　2018년 1월 25일 (제2018-000082호)
주소　서울특별시 강서구 초록마을로8길 52
전화　02-6409-9632
팩스　050-4223-9632
전자우편　paransonagiblog@naver.com
홈페이지　www.paransonagi.com
블로그　blog.naver.com/paransonagiblog
인스타그램　@paransonagi

ⓒ 송혜교, 2022
ISBN 979-11-979217-1-1 (03810)

책값은 뒤표지에 있습니다.
잘못 만들어진 책은 구입하신 곳에서 교환해드립니다.

파란소나기는 독자 여러분의 소중한 투고를 기다립니다.
책 출간에 대한 기획이나 원고가 있으신 분은 이메일(paransonagiblog@naver.com)로 보내주세요.

열 다 섯
,
그 래 도
자 퇴
하겠습니다

송혜교 에세이

푸른숲니

학교 안 다닙니다

우리 사회는 종종 나이와 학년을 동의어처럼 사용한다. 어린아이에게 나이 대신 '몇 학년이니?' 묻기도 하고, 예민한 열아홉 살에게는 이렇게 말한다.

"내버려 둬. 쟤 고3이잖아."

심지어 학생이었던 적이 까마득하다는 어르신도 "내 나이 7학년 8반이요!"라며 자기소개를 할 정도이니 학교는 우리에게 너무나 익숙하고 당연한 존재다. 게다가 대부분의 사람들이 성장기를 학교에서 보내기에 어린 시절은 곧 학창 시절로 통한다.

하지만 나는 이런 표현들과 약간의 거리를 두며 살아

왔다. 열다섯 살에 중학교를 떠났고, 고등학교에 진학하지 않았기 때문이다. 이 사실은 지난 몇 년간 나를 대표하는 소개 문구가 되었다. 사실 나는 나에 대한 아주 많은 이야기를 함에도 불구하고, 사람들이 기억하는 것은 보통 이두 가지다.

'이름이 송혜교래, 학교를 안 다녔다네?'

학교에 다니지 않았다는 것은 가장 강렬하고 독특한 나만의 정체성이 된 것이다. 새로운 사람을 알아가고 깊은 관계를 쌓아가면서, '너를 만나기 전에는 학교 안 다니는 애들에 대해 한 번도 생각해본 적이 없었어.'라는 말을 질리도록 들었다. 보통의 사람들은 이 일을 두고 이런 생각을 한다.

'학교밖청소년이 워낙 드물어서 그런 거 아니야?'

국회입법조사처에 따르면, 2019년 기준 학교밖청소년은 약 39만 명으로 추정된다. 2021년 총 출생아 수가 26만 5백 명이라 하니, 학교 밖에서 살아가는 청소년이 얼마나 많은지 체감할 수 있다. 하지만 이런 사실을 제대로 알고 있는 사람은 그리 많지 않다.

이 책을 통해 나는 '학교 없는 삶'을 소개해보려 한다. 누군가에게는 새로움이, 누군가에게는 위로가 되길 바라는 마음으로.

송혜교

●
일
러
두
기

우리 사회는 학교에 다니지 않는 청소년을 흔히 학업중단자, 중퇴자, 비행청소년, 무소속청소년 등의 용어로 혼용하여 부르고 있다. 그러나 이 중 대부분의 용어에 편견과 차별의 의미가 담겨 있다. 본 책에서는 이를 '학교밖청소년' 혹은 '자퇴생'으로 표기한다.

┃ 학교밖청소년 ┃ 법률 용어(학교밖청소년 지원에 관한 법률 제2조 제2호)로 학령기 청소년 중 자퇴, 유예, 퇴학, 미취학, 미진학을 한 청소년을 의미한다.

┃ 자퇴생 ┃ 스스로 학교를 그만둔 학생.

┃ 홈스쿨링생활백서 ┃ 학교밖청소년과 함께하기 위한 사람들이 모인 단체. 학교밖청소년에게 필요한 검정고시, 입시, 지원 정책 등을 제공하고 다양한 행사를 기획 주최한다. http://forhomeschooler.com

목차

도망친 곳에도 낙원이 있다

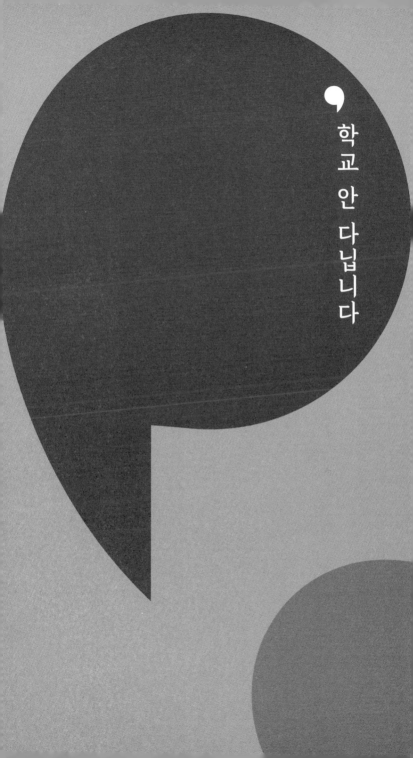

학교 안 다닙니다

학생이 아닌 청소년도 있어요

갓 자퇴했을 당시, 내가 가장 원망했던 사람은 교통 카드 인식음을 분류해 놓은 사람이었다. 청소년과 성인의 인식음이 달라서, 단말기에 카드를 대기만 해도 버스 안의 사람들이 내가 미성년자라는 사실을 알 수 있기 때문이다.

평일 오전 시간에는 동네를 마구 돌아다녀도 또래를 마주칠 일이 거의 없다. 특히 마을버스를 이용하는 승객의 대부분은 어르신들이고, 내부는 아주 조용하기까지 하다. 따라서 평일 오전 마을버스를 탈 때면 기사님의 주목을 한 몸에 받을 수밖에 없었다. 이 점이 늘 나를 긴장하게 만들었다. 교통 카드 인식음이 울리는 순간, 기사님의 따가운 시선이 꽂힌다.

"왜 학생 요금 내요?"

"저 열다섯 살인데요."

"학생이 교복도 안 입고 이 시간에 어딜 가?"

"저는 학교를 안 다녀서요…."

교복을 입지 않고 청소년 카드를 찍은 나는 부정 승차자거나, 멋대로 학교를 짼(!) 비행 청소년쯤으로 비췄던 것이다. 후자라면 적어도 범법자 취급은 안 받았을 텐데, 안타깝게도 나는 일찍이 성숙한 외모를 지녔던 터라 기사님의 의심은 증폭되기 일쑤였다. (어느 정도냐 하면, 중학생 시절부터 종종 대학생으로 오해받곤 했다.) 때문에 대중교통을 이용할 때마다 내 신경은 잔뜩 곤두서 있었다. 잘못한 것도 없는데 어쩐지 죄인이 된 기분 탓에 버스를 타는 평범한 일상이 내겐 다소 유쾌하지 않은 일이 되고 말았다.

기사님 옆을 지나쳐야 하는 버스보다는 지하철이 그나마 조금 나았지만, 크게 다를 건 없었다. 청량리역 개찰구를 통과하던 어느 날, 부정 승차를 단속하던 역무원이 나를 불러 세웠다.

"학생증 보여주세요!"

"학생증은 없고, 청소년증 가지고 있어요."

대중교통을 이용하다 붙잡히는 일에 신물이 난 나는 언제나 신분증을 챙겨 다녔기에 얼른 청소년증을 내밀었다.

(학교밖청소년은 학생증을 더 이상 사용할 수 없기 때문에, 보편적으로 청소년증을 발급받는다. 청소년증은 9세 이상 18세 이하 청소년들에게 기초자치단체장이 발급하는 공적 신분증으로, 성인의 주민등록증과 같은 역할을 한다.) 하지만 안타깝게도 청소년증은 내 신분을 단번에 증명해주질 못했다.

"이게 뭐예요? 이런 건 처음 보는데."

"나라에서 발급해준 공적 신분증이에요."

"흠…. 들어가세요. 그럼."

학교 밖에는 내가 청소년임을 증명해줄 교복도, 학생증도 없었다. 이에 익숙해지는 건 매우 어려운 일이었다. 평일에는 늘 약간 움츠러든 자세로 버스에 탔던 소심한 나. 성인이 되어 버스에 올라 바뀐 교통 카드 인식음을 들었을 때 얼마나 기뻤는지!

학교밖청소년이 된 이후로 사회 곳곳에 크고 작은 차별이 존재한다는 것을 몸소 알게 되었다. 교통 카드 인식음 같은 아주 작은 요소에서도 누군가는 차별을 느낄 수 있는 것이다. 청소년은 학교 안에도, 학교 밖에도 있다. 대다수 사람들에게는 당연한 일상이, 당연하지 않은 사람들도 존재한다. 그러므로 어쩌면 세상에 당연한 건 없는 게 아닐까. 그건 당연함의 편에 선 사람들이 만든 당연한 기준이기에 말이다.

어
제
는
1
등
,
오
늘
은
꼴
찌

비교는 인간의 본능일까? 학교에서는 절대적 비교 지표
인 전교 석차에 스트레스를 받곤 했지만, 비교할 대상이 없
는 학교 밖에서 혼자 공부하는 일 또한 꽤 스트레스가 심
하다.

이만큼 공부하는 게 맞나? 충분히 집중한 건가? 비교할
대상도, 날 지도해줄 선생님도 없다. 유일한 경쟁자는 나뿐
이다. 그러니까 결국, 나를 괴롭히는 것은 나 자신이란 뜻
이다. 열심히 살았다 싶은 날에는 전교 1등이라도 한 듯이
기세등등했고, 아무것도 하지 않은 날 밤에는 속절없이 무

너지는 기대를 추스르며 뒤척여야 했다. 내 인생, 겨우 이 정도인가 자책하면서. 이렇게 학교 밖에서는 하루 차이로 1등이 되기도 하고, 꼴찌가 되기도 한다.

내가 가장 좋아하는 판타지 소설인 「해리포터」에 '보가트'가 나온다. (*보가트는 사람을 마주하게 되면, 그 사람이 가장 무서워하는 것의 형태로 돌변해 겁을 주는 마법생물이다.) 만약 내가 보가트 앞에 선다면, 보가트는 아마 내다이어리로 변할 것이다. 쌓여가는 할 일에는 끝도 없어서, 다이어리를 보고 있자면 정말이지 무서워 죽겠다.

내가 스스로 정한, 산더미처럼 쌓인 일을 마주하면서 명확하게 깨달은 바가 있다. 그 일을 수행하는 시간보다, 하기 싫어하며 보내는 시간이 더 괴롭다는 것이다. 나는 종종 다이어리를 보면서 혼자 끙끙댄다. 실제로 '아이고, 아이고 하기 싫어! 일이 끝이 없네!'라는 소리를 내기도 한다.

하기 싫어했던 시간들에 비해, 막상 일을 시작하면 그렇게 나쁘지도 않다. 그래서 나는 끝없는 할 일 목록을 보며 언제나 주문처럼 중얼거린다.

'그냥 해치워야지! 그냥 해야지!'

물론 가장 좌절스러운 건 치열한 하루를 살아내고 다시 눈을 뜨면 또 오늘의 할 일이 잔뜩 쌓여 있다는 것이다.

학교 다닐 때는 개학식 전날이 가장 싫었다. 스무 살 무렵 회사에 다닐 때는 월요일 출근이 가장 힘겨웠다. 하지만 선생님도 상사도 없는 지금은 매일을 월요일처럼 살기 위해 노력한다.

하루라도 푹 쉬면 너그러운 내가 불쌍한 나를 용서할까 봐. 주말에도 프랑스어 들여다보기 같은 아주 소소한 일거리 하나쯤은 실천한다. 이렇게 나 자신을 다그치는 게 습관이 된 나에게 한 친구가 말했다.

"너무 아등바등 살 필요 없어.

나와의 싸움에서 지면, 또 다른 나는 이긴 거야!"

아! 어느 쪽이든 건승하며 살고 싶다.

알고 있지만

나는 언제나 사랑받는 사람보다 신뢰받는 사람이 되고 싶었다. 너라면 믿고 맡길 수 있고, 너라면 믿고 따를 수 있고, 너라면 납득할 수 있어. 이런 말들을 듣기 위해 부단히 노력해왔다. '쟤는 영 못 미더워.'라는 말을 듣는 건 끔찍이도 싫었으니까.

열여덟 살, 동네 빵집에서 평일 마감 아르바이트생으로 근무할 때였다. 점장은 이십대 중반 가량의 건물주 아들이었다. 내 기억 속의 그는 일에 대한 애착이라고는 눈을 씻고 찾아봐도 없는 사람이었다. 바닥 닦던 걸레로 조리대를 닦을 정도였으니 말이다.

점장은 면접을 볼 때 자퇴생인 게 마음에 걸리지만 믿고 채용하는 것이니 열심히 해달라고 말했다. (최저 시급보다 40원 더 주겠다며 생색내는 건 덤이었다.) 어쨌거나 깡시골인 우리 동네에는 아르바이트 자리가 귀하기도 했고, 점장의 기대에 부응하고 싶은 마음에 성실히 일했다.

그러던 어느 날, 여느 때처럼 마감을 앞두고 매장 청소를 하고 있을 때였다. 손님이 들어와 음료를 주문했고, 점장이 계산을 마쳤다. 손님이 떠난 뒤 매대 정리를 하고 있는데, 매출 정산을 하던 점장이 '어?' 하며 나를 돌아보았다.

"마지막 손님이 5만 원을 주셨는데, 매출에서 딱 5만 원이 비네. 봤니?"

"아뇨. 전 청소하느라 못 봤어요."

아무리 찾아도 지폐가 나오지 않자 점장은 나를 의심하기 시작했다. 물론 5만 원은 당시의 내 일당보다 큰돈이었다. 하지만 그동안 단 한 번의 지각이나 결근 없이 성실히 일해 온 나를 의심하다니, 꽤나 억울했다. 결국 점장은 나를 세워두고 CCTV 녹화 영상을 틀었다. 본인이 매장을 비울 때도 늘 지켜보고 있으니 손님 없다고 앉아 쉴 생각하지 말라던 바로 그 CCTV 말이다.

녹화 영상을 돌리자, 점장이 손님에게 받은 돈을 커피머신 위에 올려두는 장면이 나왔다. 문제의 5만 원은 당연히 커피머신 위에 그대로 있었다. 점장은 머쓱하게 웃으며 사과 한마디 없이 지폐를 챙기고는 말했다.

"수고했어, 이제 퇴근해."

순간 억울함과 분함이 솟구쳐 올랐다. '자퇴생인 것이 마음에 걸리지만 한번 믿어보겠다'던 그의 말이 다시 한 번

떠올랐다. 물론 내가 신뢰를 주지 못한 게 아니라, 그저 그 사람의 인품이 그 정도 뿐이란 걸 안다.

알고 있지만, 알고 있지만, 아직도 그날을 떠올리면 안쓰러운 감정이 너울진다. 신뢰란 내 노력만으로 얻을 수 있는 게 아님을 깨닫고 분해하던 나의 열여덟 살 겨울이.

소속 을 입력하세요

소속을 입력하세요

한 서류 위에서 손가락들이 허공을 맴돌고 있다. 바로 '소속을 입력하세요'라는 칸 위에서 일어나는 일이다. 대부분 고민 없이 쉽게 적을 수 있는 항목이지만, 소속이 없는 학교밖청소년에게는 가장 당황스러운 항목이다.

공적인 기관에서 상을 받기 위해서는 자기소개서(혹은 공적서)와 추천서를 필수로 제출해야 하는 경우가 많다. 학교를 다니는 청소년의 경우 수상이 곧 학교의 명예로 여겨지기 때문에, 담임 교사나 학교장에게 추천서를 받는 일이 그리 어렵지 않다. 그러나 소속이 없는 학교밖청소년에게는 추천서 한 장을 받는 것조차도 큰 난관이다.

나는 그동안 수상에 관심을 두지 않아 이 사실을 잊고

살았는데, 2020년 교육부의 대한민국인재상 선발에 지원하게 되면서 소속의 늪에 빠지게 되었다. 필수로 제출해야 하는 서류 중에 소속 기관의 상급자 혹은 최종 학교의 은사에게 받은 추천서가 있었기 때문이다. <홈스쿨링생활백서> 대표인 나는 소속 기관에 상급자가 없고, 중·고등학교를 모두 검정고시로 졸업했기 때문에 은사님도 없다. 근래 들어 꾸준히 함께 일한 기관은 서울시교육청뿐이었다.

나는 대한민국인재상 사무국에 전화해 이러한 사정을 설명하고, 현재 심사 위원으로 활동하고 있는 교육청에서 추천서를 받아도 무관한지 문의했다.

문의에 대한 답변은 간단하고 명료했다. 중고등학교에 다니지 않았다면, 초등학교에서 추천서를 받아와야 한다는 것. 문제는 졸업한 지 10년이 지난 초등학생 시절의 은사님은 이미 퇴임하셨다는 점이었다. 나는 다른 방법이 없는지 재차 문의했다. 하지만 퇴임하신 선생님을 찾아내서라도 추천서를 받아와야 한다는 답변이 돌아왔다. 그렇다면 학교밖청소년이나 소속이 없는 사람은 대한민국인재상에 지원조차 힘든 것 아니냐며 되물었다. 이번에도 답변은 간단하고 명료하고 기계적이었다. 안타깝지만 20년 동안 따라온 규정이라 다른 방법이 없다는 것.

가슴속에서 울컥한 덩어리가 치밀어 올랐다. 소속이 없는 사람은 대한민국을 대표할 인재가 될 수 없다는 말인가? 나는 규정의 불합리함에 정식으로 이의를 제기하고 싶었다. 민원 접수를 어디에 하면 좋을지 묻자 방법이 없다던 담당자는 회의 후 다시 연락을 주겠다고 답했다. 갑작스럽게 변화한 말투와 태도에 다시 화가 치밀었다.

나는 다년간 청소년 활동을 해온 경험으로 이게 얼마나 부당한 일인지, 어떻게 대처해야 하는지 알고 있었다. 하지만 평범한 청소년이었다면? 방법이 없다는 말을 듣고 상처받은 채 지원 자체를 포기했을 것이다. 그동안 얼마나 많은 학교밖청소년이 이러한 차별에 좌절하고 포기했을까?

우리 사회를 구성하는 수많은 소속에 대해 다시 생각해보게 된다. 청소년이건, 어른이건 무소속으로 이 사회를 살아가는 것은 꽤 어려운 일이다.

정녕 우리는 소속이 생겨야만 완전해지는 걸까?

익숙함과의 담담한 작별

   강연을 위해 서울역에서 부산역으로 향하던 KTX 안. 수도권 토박이인 나는 기껏해야 서울과 그 위성 도시를 오간 것이 전부이기에 처음으로 지방에 강연을 간다는 사실에 꽤 들떠있었다. 코로나19가 발생한 이후 수도권 밖으로 한 걸음도 나가지 못한 탓에 번쩍거리는 서울역 바닥에 발을 딛는 것만으로도 마음에 아지랑이가 피는 듯했다. 갖가지 군것질거리를 즐긴다거나, 우연히 마주친 옆 사람과 대화를 나누는 설렘은 모두 옛날 일이 되어버렸지만 말이다.

   열차가 출발하기를 기다리던 중 큰 짐을 꾸린 사람이 창가에 매달려 애틋하게 손 흔드는 모습에 시선이 머문다. 창밖의 사람도 한껏 몸을 들어 올려 답한다. 나에게는 그저 일하러 가는 길일뿐이지만, 그에겐 가족 혹은 지인과 작별하는 애틋한 순간일 것이다. 창밖을 향한 눈에는 아쉬움이 어려 있지만, 그가 웃는지 시무룩한지 그 입꼬리는 마스크에 가려져 알 수 없다.

그 이별의 순간을 지켜보고 있자니 문득 학교를 떠나기 전, 마지막으로 친구들과 인사하며 끌어안았던 기억이 떠올랐다. 나는 계속 같은 아파트에 살 것이고 전화 한 통이면 언제고 동네에서 만날 수 있건만, 묘하게 애틋한 포옹이었다. 이제 두 번 다신 사물함 앞에 기대 수다를 떨거나 선생님을 피해 함께 복도에서 뛰어놀 수 없다는 아쉬움에서 비롯된 애틋함이었을 것이다.

신기하게도, 마지막으로 교문을 나서던 순간의 기억은 선명하지 않다. 수업 중인 탓에 교정은 조용했고, 텅 빈 운동장에는 나와 가방을 들어주는 아빠뿐이었다. 그 기억만이 전부다. 친구들과도 이미 인사를 마친 탓에, 시원섭섭한 눈으로 학교를 돌아볼 필요도 없었다. 그냥 그렇게 된 거라 생각하며 떠났다. 당연했던 건물과 인사하면서.

덜컹거리는 열차의 움직임에 옛 기억 속에서 빠져나왔다. 창을 사이에 두고 애틋하게 작별 인사를 나누던 이들도 이별의 순간을 받아들이며 서로를 떠나보낸다. 마스크 없이 외출할 수 없다는 답답함이 어느덧 일상에 스며든 것처럼 누군가를 떠나고 누군가 떠나가는 일에도 조금씩 담담해지고 있다. 아쉽지만, 안녕히.

벽
너
머
에
도
차
별
이
있
다

 흔히들 자유를 얻게 된다는 기대감에 스무 살을 손꼽아 기다린다. 하지만 나는 스무 살이 되는 1월 1일을 앞두고 차별의 벽을 넘게 되리라는 기대감에 들떠 있었다. '어른이 되면 학교밖청소년이라는 이유로 눈총을 받거나 차별받지 않아도 되겠지?'

 실제 성인이 되니 버스에서도 더 이상 청소년 카드임을 알리는 '삐빅' 인식음이 나지 않았다. 이젠 낮에 버스를 타도 왜 학교에 안 갔냐, 왜 안 다니느냐는 질문을 받지 않게 된 것이다. 하지만 그뿐이었다. 예상과 달리 학교밖청소년이었다는 이력에 대한 차별의 벽은 여전히 남아 있었다.

혹자는 학교도 안 다니는 청소년들이 사회생활을 잘할 수 있겠냐고 묻지만, 오히려 대부분의 학교밖청소년은 학교에 다니는 친구들보다 더 일찍이 사회에 나와 고군분투하며 경제 활동을 시작한다. 나 역시 이른 나이부터 아르바이트를 시작해 전단지 배포부터 과외, 카페 점원, 유치원 보조 강사까지 다양한 일을 거쳤다. 그런데 이러한 고생이 무색하게도 스무 살에 취직한 첫 회사를 금방 그만두었다.

당시 회사에는 나보다 열 살 남짓 나이 많은 팀장이 있었는데, 종종 '오빠'라 호칭하기를 요구했다. 그럴 때마다 대충 웃음으로 상황을 무마했지만, 더 이상 피할 수 없는 때가 다가오고 있었다. 어느 날 점심시간이었다. 대부분의 직원이 식사하기 위해 사무실을 나섰고 나는 여느 때처럼 도시락을 먹기 위해 혼자 사무실에 남았다. 여느 때와 달랐던 건 팀장이 남아 내 옆자리에 앉았다는 것이었다.

"언제까지 그렇게 딱딱한 호칭으로 부를 거야? 그냥 오빠라고 부르라니까."

"저는 이게 편해서요."

"나는 불편한데…, 그냥 오빠라고 불러."

"팀장님! 저는 오빠라고 부르는 게 불편해요."

웃음기 없는 단호한 태도에 머쓱했는지 팀장은 자기 자리로 돌아갔다. 몇 달 뒤 나는 회사를 그만두었고, 그로부터 얼마 후 함께 일했던 동료와 만났다.

"혜교 씨 전에 들어왔던 막내한테도 그 팀장님이 들이댔어요. 그래서 그 막내도 못 버티고 결국 퇴사했죠."

그 이야기는 그리 놀랍지 않았다. 하지만 이야기는 여기서 끝이 아니었다. 내가 사무실에 없을 때 팀장의 상사 중한 사람이 직원들에게 큰 소리로 이렇게 얘기하곤 했다고한다.

"다들 혜교 검정고시 출신인 거 알고 있어? 학교도 못 버틴 애가, 회사에서 버티긴 조금 힘들겠지?"

여러 직원들에게 불쾌감을 주는 팀장에게는 아무런 조치도 취하지 않으면서, 내 출신에 대해 큰 소리로 이야기했다는 것이다. 직원들 사이에 팀장의 언행이 소문나자 부하 직원 관리 못한 자신에게 문제가 생길까 봐 나에 대한 소문으로 덮으려는 것으로 보인다고 했다.

입사 전부터 이미 나는 그런 사람으로, 그런 직원으로 결정되어 있었던 걸까?

학교에 다니지 않은 것만으로 무언가 잘못을 저질렀거나 결격 사유가 있는 것처럼 바라보는 사회의 시선은, 차별의 벽을 넘었다고 생각했을 때 만난 또 다른 모양의 높고 두터운 벽이었다. 보통 회사에서 업무 실수를 하면 한 개인의 잘못이 되지만, 검정고시 출신자가 실수를 저지르면 '이래서 검고 출신은 안 돼'라며 검정고시 출신 모두가 도매금으로 욕을 먹는다.

당시 나는 많은 항변을 하고 싶었다. 학교를 버티지 못해 나온 게 아니라, 스스로 학교를 나온 것이라고. 검정고시 출신이라 회사를 못 버틴 것이 아니라, 상사의 부적절한 행동과 이를 바로잡지 않는 회사를 위해 일하고 싶지 않아 나온 것이라고.

하지만 지난 일에 열을 내기보다는 나 자신을 다독이기로 결심했다. 더 열심히 살아서 내 선택이 틀리지 않았음을 증명하겠다고. 그 다짐은 내 삶의 원동력이 되었다. 직원들 앞에서 나를 헐뜯었던 상사는 몇 년이 지난 후 내 인터뷰 기사에 댓글을 달았다.

"혜교야, 정말 멋있다. 잘 지내지?"

네. 저는 아주 잘 지냅니다.

  스무 살 무렵, 아주 호되게 아팠던 적이 있다. 아침에 눈을 떠보니, 마치 전날 누군가에게 흠씬 두들겨 맞기라도 한 듯 온몸이 욱신거렸다. 하지만 그렇다고 갑작스럽게 회사를 빠질 수는 없어 축 처진 몸을 이끌고 출근 시간보다 일찍 병원으로 향했다. 30분 동안 꼼짝없이 누워 수액을 맞고 나니 그럭저럭 몸을 움직일 만했다.

  병원을 나서는데, 친한 친구에게 연락이 왔다. 밤새 앓다가 병원에 들러 회사로 향한다는 이야기에 친구가 펄쩍 뛰었다.

  "그렇게 몸이 안 좋은데 꼭 나가야 해? 하루 쉬어!"

걱정스러워하는 친구의 말에 부르튼 입술 사이로 웃음이 새어 나왔다. 너, 취업하고 나서도 그렇게 말하나 보자.

시간이 흘러 친구는 대학을 졸업하고 사회 초년생이 되었다. 어느 날, 친구가 퇴근길에 전화해 사무실 막내로 적응해 나가는 일이 힘들다며 조언을 구했다. 나는 그냥 항상 긴장하고, 늘 둘러보고, 선배들을 잘 따라 하라고 답했다. 나름 8년간 쌓인 노하우라면 노하우다. 그런데 친구가 불쑥 사과를 건넨다.

"예전에 내가 너한테 아픈데 왜 일하러 가냐고 얘기했잖아. 그렇게 아프면 그냥 쉬라고…."

맞다. 난 그때 적잖이 외로웠다. 나를 걱정하며 쉬라는 말에도 외로움을 느낄 수 있구나, 아직 학생인 친구들에게 공감을 바라기는 어렵겠구나 생각했으니까.

"얼마나 말도 안 되는 일이었는지 이젠 알겠네. 그렇게 말해서 미안해."

별걸 다 미안해한다면서도, 절로 웃음이 샜다. 드디어 공감대를 이루었다는 안도, 혼자가 아니라는 위안, 나의 아픈 날을 오랫동안 기억해준 친구에 대한 고마움의 웃음이었다. 한편 그 초년의 시간을 지나는 우리들에 대한 동정이 한 데 섞이니 피식거리게 되었다.

열다섯 살에 학교를 나온 나는 학생도 어른도 아닌, 그 사이 어딘가에서 늘 약간의 외로움을 지니고 살았다. 열일곱 살에 고등학교 졸업 학력을 취득하고 일찍 세상에 나오니 어른들의 세상에 홀로 떨어진 듯 외로웠다. 그렇게 십대를, 스무 살을 온통 외로워하며 흘려보낸 듯하다.

학교 안에 있던 친구들이 학교 밖에서의 내 상황과 마음을 헤아리기란 쉽지 않았을 것이다. 나 또한 당시 학교에 다니는 친구들의 사정을 헤아리기 쉽지 않았던 것처럼.

누구나 직접 경험해보지 않고서는 알 수 없는 것들이 있다. 지금 돌이켜 보면 아무것도 아닌데, 그때는 그 사실이 왜 그렇게 서러웠는지 모르겠다. 때는 다를 수 있지만, 우리는 모두 온통 외로운 시간을 통과했거나 통과하며 살아가고 있는 것이다.

젊은이 콤플렉스

"혜교야, 내가 네 나이를 잘못 알고 있었던가?"

한 매체에 실린 인터뷰 기사를 본 지인이 연락을 해왔다. 당시 스무 살이었던 내가 인터뷰를 수락하며 내건 조건은 '나이를 속일 것'이었다.

한 단체의 대표라는 직함에 어울리지 않는(다고 생각하는 사람들이 많은) 나이, 스무 살인 것이 당시 나의 약점이라고 생각했기 때문이다. 인터뷰에서 마음껏 견해를 밝히다가도 나이를 물으면, 죄지은 사람처럼 움츠러들기 일쑤였다.

사회에 일찍 나왔으니 경력에 비해 나이가 어린 게 당연하다는 걸 스스로 알면서도, 나이를 말하는 순간 상대방이 바라보는 시선이 달라지는 것을 수차례 경험했던 탓이다.

한번은 나이 때문에 방송 출연이 취소될 뻔한 위기도 있었다. 한 교육 프로그램 전문가 패널로 섭외하고 싶다는 연락을 받고 한참을 방송 작가와 통화하던 어느 날이었다. 방송 대본을 구성하기 위한 전화 인터뷰를 마무리하며 나이를 묻는 작가의 질문에 스물셋이라고 답했다. 수화기 너머로 잠시 침묵과 다소 당황한 기색이 느껴졌다. 담당 작가는 생각보다 너무 어리다며 역대 최연소 전문가인지라 윗선의 허가를 받아야 한다고 답해왔다. 결국 내부 회의를 거칠 때까지 기다리다 촬영 며칠 전에야 출연이 확정되었다. 전문성을 인정받아 참석한 자리건만, 촬영 내내 혹시 나이가 드러날까 마음 졸여야 했다.

나이로 인해 마음 졸이는 일이 반복되다 보니 한 방송국의 다큐멘터리를 촬영할 때는 나이를 숨기고 싶다고 부탁했다. 하지만 삶과 일상을 공개하는 다큐멘터리에 주인공의 나이가 빠지는 경우는 없었고, 방송국에서는 어린 나이에 이런 일을 해냈다는 게 훨씬 대단한 거라며 나를 설득했다. 결국 방송에서 이름과 함께 나이가 공개되었고, 그걸 보며 난 이상하게 조금 부끄러웠다.

글을 쓸 때도 가끔 비슷한 고민을 한다. 너무 확신에 차서 이야기했나? 확신에 찬 젊은이는 종종 거만하다고 평가받는다는 걸 잘 알고 있기 때문이다. 내가 지닌 전문성을 스스로 인정하고, 견해를 당당히 밝히는 것은 부끄러운 일

이 아닌데도 젊은 내 나이는 감추고 싶은 콤플렉스가 되어
버렸다.

　내가 원하는 것은 '나이에 비해 대단한 사람'으로 비춰지
는 것이 아니다. 나에게 주어진 과제는 나이를 떠나 능력치
를 쌓는 것이다. 스무 살에는 한 살이라도 더 먹는 것이 간
절했지만, 머지않아 한 살이라도 어려지고 싶다는 간절함
이 나를 찾아올 것이다. 그때까지 시간을 그저 흘려보내지
않고 꼭꼭 씹어 알차게 나이 먹는 사람이 되고 싶다.

　스무 살의 나에게 부끄럽지 않도록.

20○○년 ○○월 ○○일 오전 9:00 전송

안녕하세요, 일전에 뵈었던 송혜교입니다.
날이 꽤 쌀쌀해졌는데, 그동안 잘 지내셨는지요?
다름이 아니라… (중략)
-송 혜 교 드림

나는 주로 이렇게 메일을 보낸다. 별다를 것 없이 아주 무난하고 일반적인 내용이다. 대부분의 업무를 온라인으로 하는 나에게 메일 보내기란 숨쉬기와 같은 것인데, 안타까운 건 이렇게 숨쉬기까지 정말 오랜 시간이 걸렸다는 점이다. 고작 열아홉 살에 단체를 만들어 대표가 된 나에게는

소속 을 입력하세요

어떻게 숨을 쉬어야 하는지 알려주는 선생님이 없었다.

매일 정해진 시간표에 따라 비슷한 형태로 공부하면 되었던 학교와는 다르게, 학교 밖에선 언제나 낯선 일을 해야 했다. 메일을 보낼 때 인사말은 어떻게 시작해야 하는지, 기획안은 어떤 양식으로 작성하는지, 칼럼은 어떤 형식으로 써야 하는지 내게 닥쳐오는 모든 게 막막했다. 방송국 녹화도 심사 위원도 처음이었으므로, 가끔은 내가 정말 아무것도 모르는 어린 아이처럼 느껴졌다. 하지만 그럴 때마다 내가 뱉은 말은 늘 같았다.

"한번 해보겠습니다."

나는 스펀지처럼, 일하다 만나는 사람들의 좋은 태도를 닥치는 대로 흡수하려고 발버둥 쳤다. 명함은 저렇게 내미는 거구나, 메일은 이렇게 적는 거구나. 이런 자리에서는 이런 표정을 짓고, 저렇게 답하는 거구나. 그래서 처음 몇 년은 어딜 가든 살얼음판 위를 걷고 있거나, 가시방석에 앉는 것 같았다. 일하는 사람들과 식사라도 하는 자리에서는 밥도 제대로 넘기지 못했고, 항상 눈치를 봐야 했다. 식사를 하고 집으로 돌아오면 위가 쿡쿡 쑤셨다.

상대방에게 모르겠다고, 못 하겠다고 말하고 싶지 않아서, 처음인 것처럼 보이고 싶지 않아서 책을 읽고, 사람을 관찰하고, 검색하는 일을 끊임없이 반복했다. 그 집념이 어느 정도였냐면, 포털사이트에 한 주제를 검색하다가 100

페이지 넘는 검색 결과를 모두 읽어 '더 이상 표시할 결과가 없습니다.'라는 창을 마주하곤 했다.

학교 밖에서 세상을 배우는 일은 쉽지 않았다. 하지만 늘 긴장하며 입에 달고 살았던, '한번 해보겠습니다'가 두 번, 열 번, 수백 번이 되어 이제는 능숙하게 할 수 있는 일들이 쌓였다.

누구에게나 처음은 있다. 처음에는 모두가 잘 알지 못하고 서툴다. 하지만 그 처음의 두려움에 지레 겁먹을 필요는 없다. 처음이지만 한번 해보겠다고 말했을 때 막연하기만 했던 두려움은 이내 작은 성취감으로 바뀌어 있을 테니까.

소속을 입력하세요

사
는
게
업業
입
니
다

직업(職業): 「명사」 생계를 유지하기 위하여 자신의 적성과 능력에 따라 일정한 기간 동안 계속하여 종사하는 일

−「표준국어대사전」

직업이 뭐냐는 질문을 받으면 언제나 잠시 머뭇거리게 된다. 현재 가장 큰 정체성은 <홈스쿨링생활백서>라는 단체의 대표다. 에디터들이 만든 콘텐츠를 검토하고, 팀원들과 함께 행사를 기획한다. 하지만 이 일로는 돈을 벌지 못하니 생계에는 도움이 되지 않아 사전적 의미의 직업으로 규정짓기엔 부족하다. 비록 금전적 이익을 취할 수는 없어도, 내겐 더없이 소중한 일이다.

일정 기간 동안 계속하여 종사하는 또 다른 일로는 유튜브 운영을 이야기할 수 있다. 함께 살고 있는 귀여운 털뭉치들의 소소한 일상을 담은 채널은 아주 투박하고 서툰 영상으로 이루어져 있다. 영상 편집을 독학한 탓에 다채로운 편집 기술 하나 없이 영상을 잘라 붙이고, 자막을 넣는 것이 전부다. 비록 취미로 시작한 일이지만 2년 넘게 매주 영상을 업로드했다. 이 일로 하루에 천 원이 채 안 되는 아주 소박한 수익을 내고 있으니 이 또한 직업이라고 말하기는 어렵다.

독학으로 심리학을 공부하고 있으니, 넓은 의미에서는 학생이라고 이야기할 수도 있을까? 지난 몇 년 동안 잠을 줄이고 짬을 내어 심리학 공부에 매진한 덕분에 심리학 학사 학위를 받았다. 그렇지만 현재 대학교에 다니는 것은 아니니, 학생이라고 소개하는 것도 적절해 보이진 않는다.

책을 쓰는 일은 내가 가장 즐기는 일이며, 나를 행복하고 차분하게 만드는 일이다. 만일 글 쓰는 일을 평생 업으로 삼을 수 있다면 기꺼이 그렇게 할 것이다. 그러나 아직 작가라고 소개하기엔 부족함이 많다. 그저 저서 한 권 없는 나에게 먼저 출간 제의를 한 출판사에 누가 되지 않기를 바라며, 매일 한 줄이라도 쓰기 위해 아등바등하는 초보 작가다.

직업으로 내세우기엔 모호하지만 부모님께 손 벌리지 않

소속을 입력하세요

43

기 위해 여러 경제 활동들을 한다. 각종 교육 기관에서 자문 활동을 하며 자문료를 받기도 하고, 칼럼이나 수필을 써서 소소한 원고료를 받는다. 드물게는 무대에 올라 강연료를 받거나, 방송이나 라디오에 나가 출연료를 받는 날도 있다. 여러 학교에 방문해 강의를 하기도 한다. 이 모든 일을 동시에 해내며 숨 가쁠 정도로 바쁘게 살지만, 아직도 난 직업적 정체성을 찾아 헤매고 있다.

나는 종종 회원 가입 시 직종을 '교육업'으로 정한다. 내가 '자매님'이라고 부르는 나의 친언니는 '동생 뭐 하냐'는 질문을 받으면 사회단체 대표라고 답한다고 한다. 한 친구는 '혜교는 뭐 하는 친구냐'라는 부모님의 물음에 한참을 고민하다 이렇게 답했다고 한다.

"...프리랜서?"

어디에서도 4대 보험을 보장받지 못한다는 점에서 아주 정확한 표현이다. 그렇다면 한 단체의 대표이자, 유튜버이자, 작가이자, 칼럼니스트이자, 교육자라는 정체성을 청산하고 대충 프리랜서라는 설명으로 나를 대변하는 것이 맞는 것일까?

아무래도 내 직업은 그저 하루하루를 아등바등 살아내는 사람인 듯하다.

자퇴해야겠어

오징어 먹물 염색약

겨울에도 교복 위에 외투 입지 않기

배불러도 급식 남기지 않기

장학사님 오시는 날 윤기 나게 청소하기

화려한 색상의 양말 신지 않기

와이셔츠 속에는 꼭 흰 티만 입기

머리카락 염색하지 않기

중학생 시절, 나는 친구들과 삼삼오오 모여 교칙에 대한 불만을 쏟아내곤 했다. 물론 다소 투덜거리긴 해도 규칙 한 번 어기지 않고, 선생님 말씀을 잘 듣는 착한 학생이었다. 그런데 어느 날 교탁 앞에 선 선생님이 나를 콕 집어 불러냈다. 머릿속으로 오만 가지 생각이 지나갔다. 내가 뭘 잘못했나? 딱히 잘못한 건 없는 것 같은데….

"너 머리 염색했니?"

"아니에요. 원래 이 색이에요."

나는 타고난 머리색이 밝은 편인데, 선생님은 나를 당당하게 교칙을 어기는 1학년으로 보신 거였다. 나는 머리카락을 들어 뿌리를 보여주며 본래 내 머리카락 색임을 어필했다. 선생님은 염색의 흔적이 없는 뿌리를 확인하고서야 고개를 끄덕여 보였다.

"그래. 원래 이 색인 건 알겠어. 그런데 너만 이렇게 머리카락 색이 밝으면 다른 애들도 밝은색으로 염색하고 싶겠지? 그러니까 어두운색으로 염색해."

사실 내 머리카락이 눈에 띌 정도로 밝은 것은 아니었다. 그러나 선생님은 내 존재로 인해 학생들 사이에서 은근하게 티 나는 갈색 염색이 유행할 수 있으니 다른 아이들처럼 어두운색으로 바꿔야 한다고 했다. 그 논리가 엉망이라고 생각했지만 어쩔 수 없이 그날 바로 미용실로 향했다.

"염색약 중에서 제일 어두운색으로 해주세요."

"학생, 방학에 염색 안 할 거야? 검은색으로 하면 앞으로 몇 년은 다른 색 못 하는데!"

"괜찮아요. 그냥 제일 까만색으로 해주세요."

소심한 열네 살이던 나는 혹시나 염색이 덜 되어 혼나지는 않을까 걱정스러워 가장 어둡다는 오징어 먹물 염색약으로 머리카락을 물들였다. 다음 날, 교탁에 서서 학생들을 둘러보던 선생님의 시선이 또다시 나에게서 딱 멈췄다.

"염색했네?"

"네. 어제 바로 가서 어두운색으로 했어요."

어제 문제될 건 없겠지, 난 선생님 말씀을 잘 듣는 학생이니까! 그러나 의외의 대답이 돌아왔다.

"근데, 이제 너만 너무 어두워서 눈에 띈다."

선생님은 마음에 들지 않지만 어쩔 수 없다는 듯 고개를 저었다. 이미 어둡게 염색한 머리를 밝게 바꿀 순 없기 때문이다.

나는 그날 학교 규칙에 담긴 진짜 의미를 깨달았다. 학생들의 외모를 규정하는 교칙들이 '학생다움'을 지키고, 학업에 집중하게 하기 위함이라고 했지만, 사실 이 모든 건 학생들의 외관을 통일하기 위한 장치일 뿐이라는 걸. 애초에 내 머리색 따위는 중요하지 않았고, 선생님은 그저 모두가 같은 색이기를 바랐다는 걸.

아이러니한 일이지만 이날 이후 나는 흑발의 매력에 빠져, 여전히 검은색으로 머리카락을 염색하곤 한다. 어두운 머리카락을 보면서 당시를 종종 회상한다. 검은 머리칼은 그날의 경험이 내게 준 선물 같은 징표다.

여
기
놀
러
왔
습
니
다

학교에 다닐 당시, 나는 수련회를 그다지 좋아하지 않았다. 친구들과 함께 여행하는 건 분명 즐거운 일이지만, 강압적으로 학생들을 통제하는 분위기를 즐기기는 힘들었다. 그중에서도 내가 가장 싫어했던 것은 첫날부터 늘 듣게 되는 바로 이 대사.

"여기 놀러 왔습니까!"

당연히 '네'라고 말하고 싶지만 입 밖으로 내보낼 수는 없다. 적어도 이유 없이 혼나기 위해 참석한 수련회는 아니건만, 숙소에 도착하자마자 숨 돌릴 새도 없이 강당에 줄지어 앉으면 교관의 훈계가 시작된다. 줄줄이 가방을 꺼내 술이나 담배 등 금지된 품목을 가져왔는지, 수색하고 엄중히 검사했다. 수련회에서 빠질 수 없는 의례적 절차였다.

"술, 담배, 라이터, 기타 위험 물품 가진 사람은 지금이라도 앞으로 가져옵니다. 가방 검사하다가 나오면 다 같이 기합 받습니다."

300명에 가까운 학생들을 모두 검사할 수는 없으니, 겁을 주어 자발적으로 나오게 하려는 거였다. 사실 꼭 필요한 일이지만, 작정하고 술·담배를 숨겨온 아이들은 그 정도 협박에는 넘어가지 않는다는 게 문제다. 선생님들이 랜덤으로 가방을 뒤지는 동안, 선량한 다수는 저린 다리를 두드리며 기다려야만 했다.

강압적인 분위기와 함께 획일적인 여행지와 일정도 수련회를 좋아할 수 없는 이유다. 나는 초등학교 5학년 수련회로 경주에 다녀왔는데, 안타깝게도 6학년 수학여행지로 또 경주에 가게 되었다. 6학년이 되기 직전 학교를 옮긴 탓이었다. 집안 사정으로 전학을 자주 다녔기 때문에 총 다섯 개의 초등학교를 경험할 수 있었는데, 수련회의 스케줄은 학교를 불문하고 모두 비슷했다. 5학년 수련회에서 만났던 교관 선생님을 1년 뒤 불국사 앞에서 다시 마주칠 정도였다. 예상했던 것처럼, 6학년 수학여행은 5학년 수련회와 전혀 다를 바 없었다.

친구들과 밤새 대화를 나누는 것은 즐거웠지만, 숨 가쁘게 움직여야 하는 일정 탓에 지역의 아름다움을 느끼기는 힘들었다. 그렇게 경주는 내 기억 속에 그리 특별할 것 없는 도시로 남았다.

얼마 전, 경주로 출장을 갈 일이 있었다. 일정을 마친 뒤 동궁과 월지의 야경도 구경하고, 월정교도 직접 건넜다. 다시 둘러본 경주는 언제고 꼭 다시 가보고 싶을 만큼 아름다운 도시였다. 10년 전 경주에 왔을 때도 이런 아름다움을 느낄 수 있었다면 얼마나 좋았을까 문득 아쉬워졌다.

몸과 마음을 단련하기 위해 떠나는 것이 수련회의 본질이라지만, 무엇보다 중요한 건 아이들이 학교 밖에서 새로운 것을 배우며 행복을 느낄 수 있도록 지도하는 것 아닐까? 수련회를 통해 인생 첫 여행을 경험하는 청소년들도 많다. 아이들을 통제하고 혼내는 것보다 생생한 역사와 여행의 아름다움을 알려주는 일에 초점을 맞춘다면, 조금 더 소중한 추억을 선물할 수 있지 않을까.

감옥 같은 학교

TV 프로그램 중 〈세상을 바꾼 시간, 15분〉 일명 〈세바시〉를 즐겨 본다. 여러 강연 중 건축가 유현준 교수의 강연이 가장 인상 깊었다. '감옥 같은 학교 건물을 당장 바꿔야 하는 이유'에 대한 내용인데, 도중에 이런 이야기가 나온다. 똑같은 옷을 입고, 네모반듯한 똑같은 공간에서, 똑같은 음식을 배급받아 먹는 곳이 어디인가? '감옥', 그리고 '학교'. 그 말에 관중은 '와하하'하고 폭소한다. 그러나 나에겐 그 말이 참 아프게 들려서 그냥 웃어넘길 수 없었다.

학교는 학생을 관리하기 참 좋은 구조다. 반듯한 건물이 운동장을 감싸고 있어 선생님은 언제나 아이들이 어디에서 무엇을 하고 있는지 확인할 수 있다. 교문에 들어서는 순간부터 운동장을 가로질러 건물에 들어오는 순간까지.

내가 다니던 중학교는 정말 외진 곳에 있어서 근처에 산과 저수지뿐이었다. 그러나 쉬는 시간이나 점심시간에도 절대 학교 밖으로 나가선 안 된다는 교칙 탓에 자연을 앞에 두고도 늘 건물 안에서 시간을 보내야 했다. 사방을 둘러싼 콘크리트 벽을 바라보면서.

그렇다면 건물 내부는 학생들이 온종일 시간을 보내기에 충분히 괜찮은가? 다양한 공공시설 중 학교가 면적 대비 가장 저렴한 비용으로 지어진다니 학생 중심의 설계나 건축은 기대하기 어렵다.

예일 미술관 건축가인 루이스 칸은 '자연만큼 좋은 스승은 없다'고 말했다. 그의 말처럼, 학교에서 칠판만큼이나 자주 보이는 것이 하늘, 나무, 꽃과 잔디여야 한다고 생각한다. 한편, 유현준 교수는 이런 말로 강연을 마무리했다. '학교는 성북동 회장님 댁 수준의 예산을 들여 지어줘야 한다'고. 그렇게만 된다면, 모든 아이가 12년 동안 가장 좋은 집에 살다가 졸업하는 셈이라고.

아이들은 좋든 싫든 일상의 대부분을 학교에서 보낸다. 그러니 학교는 가고 싶은 공간이어야 한다. 나는 이것이 모든 어른이 아이들에게 진 빚이라고 생각한다. 아이들에게는 행복할 권리가 있고, 어른들에게는 행복한 세상을 만들 의무가 있다.

학교의 주인은 누구인가

　내가 다니던 중학교 운동장에는 예쁜 인조 잔디가 깔려 있었다. 지어진 지 5년도 채 되지 않은 학교였는데, 푸른 운동장에 붉은 달리기 트랙까지, 객관적으로 봐도 정말 예쁜 교정이었다.

　문제는 그 운동장이 장식용이나 다름없다는 점이었다. 교장 선생님은 학생들에게 운동장을 절대 밟아선 안 된다고 으름장을 놓는데, 단순한 경고가 아니라 절대 허락 없이 운동장에 들어가서는 안 된다는 내용이 교칙에 포함되어 있었다. 학생들이 운동장을 밟고 다니면, 교육청에서 깔아준 인조 잔디가 상한다는 것이 이유였다.

학생들은 오직 점심시간과 체육 시간에만 운동장을 사용할 수 있었고, 쉬는 시간이나 등하교 중에 운동장을 밟으면 크게 혼난 뒤 벌점을 받았다. 점심시간에는 주로 몇몇 남학생이 운동장 전체를 누비며 축구를 하니, 결국 운동장을 사용할 수 있는 사람은 손에 꼽을 정도로 소수에 불과했다. 때문에 1년 넘게 다닌 학교인데도 여유롭게 운동장을 거닐던 기억이 없다. 잔디의 존재 이유는 늘 학생들 사이에서 이슈였다.

"학생들이 못 밟을 거면, 잔디를 왜 깔았나?"

"교육청에서 검사 나왔을 때 운동장이 안 예쁘면 다음번에 또 안 깔아줄 수도 있대."

"어차피 우리가 못 쓰는데 잔디를 새로 깔아서 뭐 해?"

학교의 입장에서는 학생들이 운동장을 사용할 자유보다 인조 잔디의 수명이, 교육청에 보여줄 체면이 훨씬 소중했던 것이다. 당시에는 단순히 부조리한 교칙 중 하나라고만 생각했지만, 성인이 되어 생각해보니 성장기 대부분의 시간을 학교에서 보내는 아이들에게 야외 공간을 쓰지 못하게 만든다는 건 정말 끔찍한 일이었다. 아이들이 배워야 할 것이 책 속에만 있는 건 아니니까.

부조리하고 이상한 교칙들은 중학생이던 내게 많은 고민을 가져다주었다.

정말 나에게 학교가 필요한 걸까?

사실 학교가 존재하기 위해 학생이 필요한 건 아닐까?

생각이 꼬리를 물고 이어져 결론이 나왔다.

나에겐 학교가 필요하지 않다.

흔히들 학교를 작은 사회라고 부른다. 교칙은 아이들이 보호자의 뜻을 벗어나 온전히 자신만의 힘으로 지켜야 하는, '처음 만나는 법'과 같다. 그러니 하나의 교칙을 만들 때는 마치 법을 제정하듯 수많은 고민을 거듭해야 하는 건 아닐까? 정말 아이들을 위한 교칙인지, 쉽게 관리하고 통솔하기 위한 편리를 위한 수단은 아닐지, 이 교칙이 생김으로써 아이들의 학교생활이 더 안전하고 편안해질 것인지 고민하고 학생들의 의견을 수렴해 제정해야 한다. 시행 중에도 문제가 있다면 수정하고 바꿔야 하지만 교칙은 늘 학생들 위에서 감시하고 통솔 중이다.

중앙계단 사용하지 않기, 교복 위에 외투 입지 않기, 흰색 양말만 신기 등 당연하게 여겨지던 부조리함이 하나둘씩 사라지고 있지만, 아직 만족하기엔 이르다. 모두에게 학교가 가장 편안하고 즐거운 공간이 되기 전에는 그 무엇도 충분하지 않다. 누군가는 너무 이상적인 얘기라며 고개를 젓겠지만, 가장 이상적인 사회를 향해 달려가는 것이 교육의 궁극적인 목표가 아닐까.

모범생 강박증

어릴 적부터 나는 '모범생 강박증'을 가지고 있었다. 절대 교칙을 어기지 않았고, 선생님 말을 법처럼 지켰고, 숙제는 단 한 번도 빼먹은 적이 없다. 그러니 학교에 다니면서 선생님 눈 밖에 난 적은 단 한 번도 없었다.

그런데 아홉 살, 나의 범생이 인생에 최대의 고비가 왔으니, 바로 호랑이 선생님을 만난 것이다. 학생들이 조금이라도 말을 듣지 않으면 선생님의 불호령이 떨어졌는데, 나는 한 번도 숙제를 안 하거나 지각한 적 없으니 혼날 일이 없었다. 문제는 나에게도 실수할 가능성은 언제나 열려 있으며, 선생님은 단 한 번의 실수도 용납하지 않는다는 점이었다. 나는 그 사실이 너무 무서워서 매일 밤잠을 설쳤다. 자려고 누웠다가도 마음이 너무 불안해서, 벌떡 일어나 책가방을 열고 준비물을 잘 챙겼는지, 숙제는 제대로 했는지 수차례 확인해야 했다. 엄마는 그런 나를 보고 '회사원도 아니고, 무슨 아홉 살짜리가 저렇게 스트레스를 받나' 싶었다고 한다.

그렇게 몇 주가 흘렀을까, 등교하려던 내 뒷모습을 본 부모님은 깜짝 놀랐다. 머리 한쪽에 한 움큼 쥐어뜯은 듯 구멍이 생긴 것이다. 한창 근심걱정 없이 뛰어놀 아홉 살에 원형 탈모라니. 부모님은 혼날 일은 없다고 달랬고, 혼나도 된다고 말해주었다. 물론 그 후로도 선생님은 변함없이 무서웠지만, 마음은 한결 편해졌다.

제 버릇 개 못 준다 했던가, 나는 아직도 중요한 곳에 나갈 때면 가방을 두세 번 체크한다. 다행히도 지금은 구멍 없이 멀쩡한 머리를 가지고 있다. 힘듦이 흘러넘칠 만큼 차오르면 내가 나에게 와인도 먹이고, 넷플릭스도 보여주면서 잘 달래는 요령이 생겼기 때문이다. 아홉 살에는 미처 알지 못했던 나에 대해 조금 더 알게 된 덕분이다.

'혼밥'의 최고 난이도

언제부터인지 밥은 함께 먹는 것이 기본 값이 되었다. 그 기본 값에서 벗어난 혼자 먹는 밥을 '혼밥'이라고 부르기 시작하면서, SNS상에는 '혼밥 난이도'에 대한 글이 유행처럼 번졌다. 가장 쉬운 단계는 대부분 진열된 음식을 바로 구매해서 빠르게 먹고 나가는 편의점이며, 가장 어려운 곳은 가족, 연인을 대상으로 운영하는 패밀리 레스토랑이라고 한다. 하지만 내 생각은 조금 다르다. 혼밥의 최고 난이도는 패밀리 레스토랑도, 뷔페도 아닌 학교 급식실이다.

별것 아닌 것 같지만 급식실은 모두의 친분과 대인 관계를 증명하는 시험장과 같다. 즐겁게 웃고 떠드는 저마다의

무리들 속에서 홀로 앉아 밥을 먹는 것은 꽤나 힘겨운 일이다. 웬만한 성인에게도 쉽지 않은 일인데, 한창 대인 관계에 민감한 청소년기라면 더더욱 그렇다.

중학교 1학년, 반 친구들의 따돌림이 있었다. 전학 온 지 얼마 되지 않은 나에게 같이 밥 먹을 친구를 찾는 일은 어려운 과제였다. 삼삼오오 웃고 떠드는 급식실에서 혼자 앉아 밥 먹는 일이 어찌나 뻘쭘한지, 결국 나는 며칠을 굶어야 했다.

"엄마, 나 급식 신청 안 할래. 급식실에서 밥 먹는 거 체할 것 같아."

엄마는 별말 없이 도시락을 싸주셨고, 나는 점심시간마다 혼자 교실에 앉아 도시락을 먹었다. 평소처럼 빈 교실에 앉아 도시락을 먹으려던 어느 날, 한 친구가 다가왔다.

"너는 왜 급식 안 먹어?"

"나는 도시락 싸와서 먹어."

"진짜? 그럼 나도 여기서 먹어야겠다."

다음 날 그 친구는 또 다른 친구들을 데려왔고, 우린 함께 교실에서 점심을 먹기 시작했다. 도시락을 싸오기는 귀찮았던 모양인지 저마다 빵 한 봉지씩을 들고 모였다. 처음 겪어보는 따돌림으로 의기소침해진 내가 별 반응을 하지 않아도, 그 친구는 끊임없이 재밌는 이야기를 들려주었다. 매일 내 옆에 앉아 혹시나 오늘은 웃지 않을까 표정을 살피기도 했다.

덕분에 나는 금방 밝은 일상을 되찾을 수 있었다. 애초에 큰 이유 없이 시작되었던 따돌림 또한 금세 끝이 났고, 나는 아무 일 없던 것처럼 일상으로 돌아갈 수 있었다.

그로부터 10여 년이 지난 현재, 청소년들에게 '급식실 혼밥'은 여전히 최고 난이도인 듯하다. 급식을 함께 먹을 친구가 없어서, 함께 어울릴 무리가 없어서 괴로워하며 고민 상담을 청해오는 청소년들이 적지 않으니 말이다. 나는 이제 언제 어떤 가게든 불쑥 들어가 1인분을 주문할 수 있는 혼밥 프로가 되었지만, 여전히 그들의 마음에 아주 선명하게 공감한다. 다시 열네 살로 돌아간다 해도 '급식실 혼밥'은 여전히 어려운 과제일 테니까.

급식은 먹는 게 아니라 마시는 것

　내가 겪어본 바에 의하면, 여중생들의 세계는 '음식' 위주로 돌아간다. 당시 우리를 움직이는 건 신성한 떡볶이와 초코우유, 케이크 같은 탄수화물과 당이었다. 많은 대중매체에서 묘사하는 가녀린 이미지와 다르게 소녀들의 실체는 흡사 폭주하는 탄수화물 흡입기에 가까웠다.

　친구들에게 급식은 하루의 하이라이트였고, 급식판을 받아 자리에 앉으면 맛있는 밥을 마셔치우기 바빴다. 친구들의 목표는 동일했기 때문이다.

'우리 어서 1차 목표를 해치우고, 교실로 올라가서 2차
목표인 간식을 해치우자!'

하지만 나는 식사를 대충 때우는 걸 정말 싫어한다. 나는
언제나 음식에 진심인 사람이기 때문이다. 만일 파리로 여
행을 떠난다면 루브르 박물관에서 모나리자만 대충 보고
나오더라도, 식사 시간에는 에스카르고부터 크렘 브륄레
까지 꼭꼭 씹어 먹어야 하는 게 내 스타일이다. 그런 나에
게 급식 마시기란 정말 힘든 일이었다.

게다가 급식실은 온갖 소리들로 가득한 정글과도 같았
다. 평소 우리에게 주어지는 쉬는 시간은 겨우 10분 남짓,
얘기 좀 나누려 치면 종이 치기 십상이다. 그런데 급식 시
간은 무려 1시간에 달한다. 즉, 수다에 목마른 학생들에겐
놓칠 수 없는 기회인 것이다. 문제는 급식실이 전학년 학생
들은 물론 선생님들까지 모두 함께 쓰는 공간이라는 데 있
었다.

"오늘 체육 야외야?!"

"뭐라고?? 못 들었어!!"

"아, 오늘 체육 수업 나가서 하냐고!!!"

급식실에서는 기본적으로 귀가 먹먹한 상태에서 밥을 먹
어야 했는데, 사실 나는 친구들이 어떻게 그 환경 속에서
소화를 시키는 건지 정말 신기했다. 다들 밥이 잘 넘어가

나? 북적이는 주말의 어느 푸드 코트보다 시끄러운, 아니 차원이 다른 이 소음 속에서? 어떤 날에는 혈기왕성한 학생들이 우당탕탕 서로를 급식실 테이블 위에 때려눕히는 사건이 벌어지기도 했다.

지금 생각하면 그때만의 즐거움이 있겠지 싶다가도, 다시 돌아가고 싶지는 않다. 아직도 당시 함께 급식을 먹던 친구들과 종종 만나 식사하는데, 음식을 마시지 않고 충분히 즐기며 먹을 수 있는 그 시간이 그렇게 좋을 수 없다.

선생님의 말 한마디

내가 다니던 중학교에는 매주 한 시간씩 도서관에 가서 독서하는 수업이 있었다. 기존에 읽던 책을 들고 가도 되고, 도서관에서 새롭게 골라도 된다는 게 규칙이었다. 책을 읽지 않는 '요즘 아이들'에게 독서 역량을 길러준다는 것이 목표였을 거다. 단, 이상한 책을 읽으면 안 된다는 이유로 모든 학생은 자리에 앉기 전 어떤 책을 골랐는지 담임 선생님에게 검사를 받아야 했다. 지금 생각하면 이해할 수 없는 규칙이었다. 독서에 옳고 그름은 없으며, 설령 있다 하더라도 많은 책을 읽으며 스스로 기준을 만들어 나가는 것 또한 독서 활동에 포함된다고 생각하기 때문이다.

나는 당시 읽고 있던 해리포터 원서를 챙겨 갔다. 300페이지가 넘는 원서를 읽을 실력은 아니었지만, 평소 좋아하던 한국어 번역판을 책이 찢어지도록 반복해서 읽은 덕분에 어느 정도 내용을 이해할 수 있었기 때문이다. 하지만 내 책은 바로 검사를 통과하지 못했다.

"장난치지 말고 다른 책 골라 와."

"이거 도서관 책 아니고 제 책인데요…."

선생님의 엄한 목소리에 한 친구가 '쌤, 혜교가 진짜 읽는 책인데요?'하며 말을 거들었다. 내 책이라는 걸 확인한 선생님은 별 다른 말없이 알겠다며 자리로 돌아가라고 답했다. 나름 조용한 모범생 타입이었던 나는 선생님의 찌푸린 얼굴과 엄한 목소리를 마주할 일이 없었기에, 이 일은 꽤나 큰 충격이었다. 그리고 그 충격은 이내 서운한 감정으로 바뀌었다. 선생님이 나에게 아주 조금만 관심을 가졌더라면 내가 쉬는 시간마다 읽던 책임을 눈치 챘을 텐데.

성인이 되어 직접 아이들을 가르쳐 보니, 그날의 상황이 더더욱 이해가지 않았다. 설령 너무 어려워 학생이 읽지 못할 책이라도, 어려운 책을 읽겠다는 학생을 꾸짖는 것은 분명 잘못된 지도였기 때문이다. 만약 독서에 집중하지 않고 장난을 친다 해도 다시 독려하고, 만약 학생에게 실수했다는 생각이 든다면 그 자리에서 사과하고 다독여 주었어야 한다.

만일 그때 '미안해, 선생님이 오해했네.'라는 말 한마디를 들었더라면, 이 일을 10년이 흐른 지금까지 기억하고 있지 않았을 테니까.

학교밖청소년들과 대화를 나누다 보면, 생각보다 많은 청소년들이 선생님의 말 한마디를 선명하게 기억하고 있음을 알 수 있다. 이미 학교를 떠났음에도, 상처가 된 말이나 위로와 칭찬의 말들은 꽤 오래 마음에 남아 있는 것이다. 나 역시 학교를 떠날 당시 담임 선생님이 건넨 응원의 말을 소중히 간직하고 있다. 때로는 그 한마디가 자퇴 의사를 거두게 만드는 결정적 요인이 되기도 한다.

애정이 담긴 말 한마디만큼 강력한 설득은 없다.

음악 없는 음악 시간

중학교 1학년 때의 일이다. 음악만 듣고 제목과 작곡가를 맞혀야 하는 음악 수행 평가가 있었다. 선생님이 클래식 음악 다섯 곡을 계속 반복해서 들려주었고, 그 음을 열심히 외워 듣기 평가를 치렀다. 시험이 끝난 뒤 쉬는 시간, 한 친구가 의기양양하게 외쳤다.

"하나도 못 맞을 바에야 하나라도 맞는 게 낫잖아!

그래서 난 네 문제 다 「사계」 적었어."

순간 교실 곳곳에선 웃음이 터져나왔다. 선생님이 미리 들려준 음악은 다섯 곡, 시험은 네 문제. 비발디의 「사계」를 제외한 모든 곡이 출제되었기 때문이다. 친구는 어깨를 으쓱하며 비록 실패했지만 좋은 시도였다고 말했다. 그날을 떠올리면 아직도 피식 웃음이 나면서 한편으로는 씁쓸해진다. 음악 수업에서 음악의 아름다움을 단 한 번도 느끼지 못했기 때문이다. 음악은 늘 암기해야 할 대상이었기에 '음악 없는 음악 시간'에 가까웠다. 지루하고 어려웠던 음악 시간은 내가 '클래식에는 관심 없는 사람'이란 걸 긴 시간에 걸쳐 깨우치는 과정 같았다.

그렇게 클래식과 거리 두기를 이어가던 중 성인이 된 이후 내 놀라운 음악 취향을 알게 되었다. 사실 난 클래식 공연을 감상하기 위해 기꺼이 시간과 비용을 투자할 수 있는 사람이었다. 자리 경쟁이 치열한 피아니스트의 리사이틀에 가기 위해 컴퓨터 두 대와 핸드폰 두 개를 총동원해 티켓을 예매한다거나, 더 생생하게 음악을 감상하기 위해 거금을 들여 스피커를 구매하는 등의 열정을 쏟기도 했다.

내가 좋아하는 클래식 음악들은 단 3초만 들어도 제목을 알아차리지만, 우습게도 중학교 1학년 수행 평가를 위해 열심히 외웠던 음악과 작곡가는 단 하나도 기억하지 못한다. 클래식을 사랑하기 위해 필요한 건 그저 편안한 마음과 여유라는 걸, 10년 전에 배울 수 있었다면 얼마나 좋았을까.

세상에서 두 번째로 유명한 송혜교입니다

　서점을 서성거리며 에세이들을 둘러보았다. 원래도 서점 가는 것을 좋아했지만, 내 이야기를 쓰면서부터는 특히 에세이 코너를 자주 들여다보게 된다. 책장 곳곳을 훑다, '전지현 에세이'라고 적힌 책을 발견했다. '오, 동질감. 이 분도 이름 얘기 깨나 들으셨겠군' 하는 단순한 이유로 책을 집어 들었다. 책을 볼 때 보통 저자 소개를 가장 먼저 보는데, '전지현 에세이'의 저자 소개 첫 문장에는 이렇게 적혀 있었다.

'본명이다.'

나도 모르게 웃음이 피식 나왔다. 나도 자기소개를 할 때 자주 써먹는 문장이기 때문이다. 어릴 적에는 이름을 말하기만 해도 사람들이 '오, 본명이에요?'라고 묻는 것이 스트레스였다. '네'라고 답하면 돌아오는 반응에는 보통 두 가지 유형이 있다. '스트레스 많이 받겠다'라는 걱정형, 그리고 '송혜교보다 예쁘네~'하는 칭찬형(물론 사실일 리 없다). 그 후 이어지는 억겁의 하하호호 시간을 사전에 차단하기 위해 내가 선택한 소개는 이렇다.

"송혜교입니다, 본명이고요."

이렇게 선수를 치면 자연스럽게 웃음으로 대화가 시작된다. 어색한 자기소개 시간에도 수려한 입담 없이 사람들에게 웃음을 불러일으킬 수 있는 내 이름. 지금은 아주 좋아하지만, 수줍음 많은 사춘기 청소년에게 '송혜교'라는 이름은 창피함이었다. 김혜교도, 이혜교도 아니고 송혜교라니.

특히 내가 다닌 학교의 명찰은 교복에 수놓아져 있어서 탈부착도 불가능한 데다 학년마다 색이 달라서, 명찰만 봐도 1학년 송혜교라는 걸 누구나 알 수 있었다. 그 사실이 언제나 나에게 묘한 긴장감과 스트레스를 주었다. 하루는 급식을 먹기 위해 줄을 서 있는데, 뒤에서 누군가 큰 소리로 내 이름을 불렀다.

"송혜교!"

나는 반사적으로 휙 돌아봤지만, 아는 사람은 없었다. 송혜교라는 이름의 신입생이 들어왔다는 소식에, 남자 선배들의 치기 어린 장난이었다. 당황스러운 내 사정이야 알 바 아니라는 듯 그들은 깔깔 웃었다.

지금 와서 생각하면 별일도 아니지만, 당시의 나에게는 그 모든 것이 쉽지 않았다. 어쨌거나 지금은 내 이름이 아주 마음에 든다. 게다가 책을 쓰고 있는 지금으로선 더더욱 그렇다. 보통 에세이를 읽고 나면 작가 이름은 까먹기 십상인데, 이 책은 조금 다르지 않겠는가. 어쩌면 책 제목보다 저자 이름을 더 오래 기억하게 될지도 모를 일이다.

자퇴해야겠어

"아무래도 자퇴해야겠어."

"그래그래."

.
.
.
.
.

"진심으로 하는 말이야. 진짜로 자퇴할 거야."

"미쳤나 봐!"

2012년 봄, 복도에 놓인 사물함에 기대어 가장 친한 친구에게 말을 건넸다. 복도는 뛰어다니는 아이들로 어지럽고 시끄러웠다. 친구는 시답잖은 장난이라고 생각했는지, 별 생각 없이 그러라고 답했다. 그도 그럴 것이, 중학교는 의무 교육이니 자퇴할 수 없다는 것이 보편적인 생각이고, 우리 학교 역사상 자퇴생은 단 한 명도 없었기 때문이다.

"진심으로 하는 말이야. 진짜로 자퇴할 거야."

의무 교육인 중학교는 자퇴할 수 없지만, 수업 일수를 채우지 않는다면 정원 외 관리자로 분류되어 중퇴가 가능하다. 아무 생각 없이 대답하던 친구는 천천히 얼굴을 들어 내 표정을 살피더니 이내 장난이 아니라는 것을 눈치챘다.

"미쳤나 봐!"

짧고 굵은 한마디였다. 훗날 친구의 말에 따르면, 그날 내가 비행 청소년의 길을 걷겠다고 당당히 선언하는 것처럼 느껴졌다고 한다. 독실한 기독교 신자인 친구가 그날 밤 나를 위해 기도했을지도 모르겠다. '송혜교 정신 차리게 해주세요' 하고.

내 첫 자퇴 선언은 그렇게 시시하게 흘러갔다.

　자퇴가 최종 승인된 것은 중간고사를 앞둔 4월 말이었
다. 선생님과 상담을 마치고 나오자마자, 학교에는 빠르게
소문이 퍼져 나가고 있었다. 책상 앞까지 찾아와서 이 소문
의 진위를 묻는 친구들도 있었다.

　자퇴 소식에 가장 인상적인 반응을 보인 건 한 선생님이
었다. 평소 학생들에게 애착이 없어 보이는 탓에 그다지 좋
아하지 않던 선생님이었다. 급식을 먹고 교실로 돌아가던
길, 그 선생님과 정면으로 마주쳤다. 선생님은 늘 그렇듯
무심한 표정으로 내게 물었다.

　"너 자퇴하니?"

　"네."

　웬일로 나에게 관심을 가지시는 걸까? 이 선생님은 2학
기 첫날 내게 전학생이냐고 물었을 만큼 학생들에게 큰 관
심이 없는 분이었다. 심지어 나는 해당 과목 수행 평가에서

A를 받은 열정적인 학생이었는데도 말이다.

"조금만 더 다니다 자퇴하면 안 되니? 너 중간에 빠지면 중간고사 성적 계산하기 귀찮아지는데."

아! 학교에 남은 일말의 정마저 사라지는 순간이었다. 이 날을 회상할 때마다, 자퇴가 나를 위한 최선의 선택이었다는 사실을 다시 한 번 실감하게 된다. 학교에 남아 있었다 한들, 학생에게 애정이 없는 선생님에게서 긍정적인 영향을 받았을 리 만무하니 말이다.

인생을 낭비할 절호의 찬스

인생을 낭비할 절호의 찬스

나는 천성이 게으른 사람이다. 특히 잠이 아주아주 많은 편으로, 마음만 먹으면 열두 시간쯤은 거뜬히 잔다. 고로 자퇴 후 내 하루는 정오가 지나서야 시작되곤 했다. 눈 뜨자마자 점심을 먹으며 부모님 속을 깨나 썩였다.

자퇴 후 가장 처음 겪게 되는 어려움은 시간 관리다. 태생적으로 아침잠이 없는 사람이 아니고서야, 어떻게 갑작스럽게 주어진 자유에 흔들리지 않을 수 있을까? 책상 앞에 10시에 앉든, 12시에 앉든 받을 벌점이 전혀 없는 상황에서 매일 아침 7시에 일어나기란 꽤나 힘든 일이다.

학교에서는 선생님과 시간표, 상·벌점, 교칙 등 다양한 관리 체계가 게으름을 피울 수 없게 만들지만 학교 밖에서의 관리 체계는 나 자신이 전부다. 게으르고 잠 많은 나에게 자퇴 이후의 날들은 인생을 낭비할 수 있는 절호의 찬스 같았다.

　'열다섯 살이면 한창 놀 나이라고 생각하는 나'와 '인생을 망치고 싶지 않은 나'의 싸움, 그 지난한 싸움 끝에 깨달은 것이 있다. 무작정 학교를 따라하는 생활은 위험하다는 것이다. 자퇴 후 열심히 살아보겠다, 하는 사람이라면 한 번쯤은 자신에 맞는 시간표를 세워보기 마련이다.

　나 또한 허투루 쓰는 시간 하나 없이 촘촘하게 시간표를 세워서, 학교를 다닐 때보다 훨씬 효율적으로 시간을 활용하고자 했다. 하지만 1시부터 7시까지 책상 앞에 앉아 있다 보면 괜히 책상을 정리하고 싶고, 탁상 거울 속의 내 모습이 유달리 귀여워 보이기까지 했다.

　그때 알았다. 나는 나에게 매우 관대한 편이라는 걸. 결국 6시간 중 절반은 그냥 흘려보냈다. 그래서 어느 순간부터는 시간에 따른 생활계획표가 아닌 '할 일 목록'을 작성하게 되었다. 이 할 일들을 다 마치기 전에는 잠도 못 잔다고 스스로와 약속했고, 아주 엄격하게 그 약속을 지켰다. 당시 인기리에 방영되던 드라마 <별에서 온 그대>를 엄마와 함께 꼬박꼬박 챙겨봤는데, 하필 마지막 회가 방영되던 날 할 일을 다 끝내지 못해 책상 앞에 묶여 있어야 했다. 결국 드라마가 끝날 즈음에 공부도 끝났고, 결말은 엄마에게 들을 수밖에 없었다. 엄마는 그런 나를 두고 내 딸이지만 정말 독하다며 놀라워했다. 주인공인 도민준 씨가 정말 자기 별로 돌아갔는지, 그래서 주인공들이 영원히 행복했는지 직접 볼 수 없는 것이 할 일을 다 마치지 못한 스스로에게 주는 벌인 셈이었다. 나는 그렇게 나만의 방식으로 상벌 규정을 만들어 나갔다.

그게 습관이 되어 아직도 매일매일 그날의 할 일을 적는다. 물론 그 일을 다 해야만 잠을 잔다. 낮 2시에 홍차를 우려 마시겠다며 다소 여유를 부린 덕분에, 새벽 2시에 이 글을 쓰고 있는 오늘처럼.

내일 낮 2시의 나는 다시 분발하길 바라며.

부담 없이 마음껏 못할 때의 기쁨

취미 삼아 프랑스어를 독학한 지 어느덧 몇 개월이 지났다. 비록 하루에 5분도 투자하지 않는 게으른 학생이지만, 하루도 빼먹지 않고 아주 조금씩 소소하게 익히고 있다. 물론 실력은 아직 처참하다. 하지만 프랑스어를 배우면서 가장 좋은 점은 배운다는 그 느낌 자체다. 자기소개도 더듬더듬 겨우 하는 주제에, 서툴기 그지없는 나의 실력이 정말 마음에 든다.

주변에서는 쉴 틈 없이 바쁜 와중에 취미로 제2외국어를 공부한다는 사실에 의아해하기도 한다. 하지만 나에게 프랑스어 공부란 일종의 일탈과도 같다. 잘해야 할 필요가 없는 일을 부담 없이 마음껏 못할 때의 기쁨! 늘 잘해야겠다는 부담을 안고 살았던 나에게 엉망진창인 내 실력을 받아들이는 일은 정말 소중하다.

프랑스어를 공부하기 전부터, 몇 가지 샹송을 즐겨들었다. 속삭이듯이 읊조리는 노래가 산뜻하게 들려서. 가장 좋아하던 노래는 「je ne sais pas」라는 곡인데, 경쾌한 멜로디에 반해 뜻도 모른 채 몇 년을 흥얼거렸다. 며칠 전 프랑스어를 공부하다가 그 노래 제목의 뜻이 '모르겠다'라는 걸 알게 되었다. 해석을 찾아보지 않고도 제목을 이해하게 되었을 때, 그 기분이 얼마나 짜릿하던지.

언젠가 파주 헤이리 예술 마을에 놀러 갔다가, 작은 소품 가게에서 짧은 프랑스어가 적힌 액자를 발견했다. 나는 단어를 새롭게 공부하는 아이처럼 액자 앞으로 달려가 친구에게 말했다. "나 이거 해석할 수 있어!" 친구 눈에는 짧은 문장을 떠듬떠듬 겨우 읽어내는 내 모습이 대수롭지 않게 보였겠지만 나에겐 그 일이 그날의 가장 즐거운 기억으로 남았다.

소박한 공부 양만큼이나 목표도 소박하다. 자격증 취득도, 프리 토킹도 아니다. 언젠가 프랑스에 가게 되었을 때, 헤이리 예술 마을에서 겪었던 기쁨을 매 걸음마다 느끼는 것. 그날을 위해 오늘도 소소히 배운다.

멍 때리기의 중요성

사람들에게 가장 자주 받는 질문이 하나 있다. 어린 나이부터 지치지 않고 일할 수 있는 원동력이 뭐냐는 것이다.

"저는 정말 원 없이 놀아봐서요, 억울해하지 않고 일할 수 있어요."

자퇴 후 학군을 따질 필요가 없어진 우리 가족은 조용한 시골 동네로 이사했다. 8년째 거주하고 있는 이 동네는 하루에 버스가 겨우 3대 지나가고, 그 흔한 PC방이나 코인노래방 하나 없는 그야말로 깡시골이다.

처음 학교를 떠난 후 내게 목표란 검정고시 합격이 전부였다. 검정고시는 난이도가 그리 높은 시험이 아니니, 학교에 다닐 때만큼만 공부한다면 합격하리라는 자신이 있었다. 덕분에 하루 대여섯 시간쯤 공부하고 나면 시간이 정말 많이 남았고 그 시간 동안 내가 한 일은 책 읽고, 핸드폰 보고, 누워서 멍때리기뿐이었다. 특히 내 방으로 올라가는 계단에 누워 멍때리는 것을 좋아했다. 급한 일이 없으니 오르내리다 털썩 누워버리는 것이다. 계단에 누우면 등이 결리고 정말 불편한데, 그 불편함에는 또 나름의 매력이 있었다.

후에 알게 된 사실인데, 내가 멍때리기의 매력에 빠져 있을 때 부모님은 속이 타들어 갔다고 한다. 남의 집 애들은 내신 관리에 대외 활동에 미래를 위한 준비가 한창인데, 우리 딸은 띵까띵까 놀고 있다니! 뭔가 눈에 보이는 활동이라도 했으면 불안감이 덜하셨을 텐데, 나는 그저 멍하니 허공을 보거나 핸드폰을 들여다보거나, 마당에서 그네만 탔다. 심지어는 학원도 인강도 성향에 맞지 않는다며 독학을 선언했고, 공부 시간에도 그저 방 안에 틀어박혀서 조용히 책을 뒤적이고 끄적거릴 뿐이었다.

그럼에도 불구하고 부모님은 단 한 번도 불안한 마음을 내비치거나 재촉하지 않으셨다. 그저 내가 무슨 선택을 할지 기다려주셨고, 나를 믿어주셨다. 그 믿음 덕분에 나는 부모님 속이 타들어 가는 줄도 모르고 아주 행복한 청소년기를 보냈다. 그렇게 친구들이 고등학교에 입학한 열일곱 살, 고등학교 졸업 학력을 취득할 수 있었다.

당시의 생활을 학교 시간표로 환산해보자면, '멍때리기'

시간이 가장 많았을 것이다. 나는 아직도 이때가 내 인생에서 가장 값진 시간이었다고 생각한다. 집 안에 가만히 누워있자면 나는 우주에도 갈 수 있었고, 내가 좋아하는 것이 무엇인지도 금세 알아차릴 수 있었다.

아이들이 잘 때 쑥쑥 자라는 것처럼, 청소년기 내 자아는 멍때릴 때 쑥쑥 자랐다.

의지박약형 인간을 위한 실천 매뉴얼

'환경을 위해 한 장만 사용해 주세요.'

공중화장실 세면대 옆에서 자주 볼 수 있는 문구다. 이에 공감하며 언제나 핸드 타월을 한 장만 쓰기 위해 노력하지만, 어쩌다 보면 두어 장 쓰게 되기도 한다. 그런 나를 변화시킨 건 한 공중화장실에서 마주친 이 문구다.

'손을 다섯 번만 털어보세요! 한 장으로 충분합니다!'

문구대로 손을 다섯 번 털었더니, 정말 한 장으로 충분했다. 옆 사람을 흘끗 보니 그도 똑같이 손을 턴 뒤 한 장만 사용하고 떠났다. 그 다음 사람도 마찬가지였다. 구체적인 미션을 제시했다는 것만으로도 즉각적인 행동의 변화를 불러온 것이다. 그 문구가 자꾸 생각나서, 일회용 핸드 타월을 쓰기 전에 손을 탈탈 터는 습관이 들었다.

바른 자세로 앉는 것이, 술을 줄이는 것이, 담배를 끊는 것이 좋다는 것을 알지만 이를 행동으로 옮기기는 쉽지 않은 것처럼 '의지박약형'인 인간에게는 언제나 소소하고 구체적인 매뉴얼이 필요하다. (구체적이더라도 거창하면 실천에 옮길 엄두가 나지 않기 때문이다.)

영어 공부를 해야지, 보다는 '하루에 한 챕터 풀기!' 군것질을 줄여야지, 보다는 '사무실 책상 서랍에 간식거리 넣어두지 않기!'가 더 효과적인 것이다.

나에게도 하찮지만 소중한 규칙들이 있다. 매일 1분이라도 프랑스어 공부하기, 한 줄이라도 글쓰기, 한 번이라도 목 스트레칭하기, 20분이라도 한국사 들여다보기. 작지만 구체적인 실천이 모여 완전한 오늘을 만든다. 특히 교칙이 없는 학교 밖 생활에서는 이런 작고 구체적인 매뉴얼이 큰 도움이 된다.

의지가 부족하다면 아주 작은 것부터 시작해보자. 지금 당장 공중화장실에서 핸드 타월을 뽑기 전 꼭 한 번 실천해보시길.

손 다섯 번 털기.

계속하기의 미학

    초등학교에 입학했을 당시, 나에게 가장 힘들고 버거운 해결 과제는 줄넘기였다. 줄넘기를 잘하는 것에는 대단한 비법이 있는 것도 아니고 그저 손발이 착착 맞으면 된다는데, 그게 내겐 참 어려웠다. 체육 시간이 되면 펄쩍펄쩍 가뿐히 줄을 넘는 또래 친구들을 멍하니 바라봐야 했는데, 나만 못한다는 것이 억울해서 견딜 수 없었다. 내 삶의 첫 열등감이었다.

    그날부로 나는 저녁마다 집 앞 공터에 나가 줄넘기 연습을 시작했다. 제대로 뛸 줄을 몰라서 먼저 줄을 휙 돌려 놓고, 한 발씩 천천히 넘고 또 넘는 일을 수없이 반복했다. 남들이 보기엔 다소 우스꽝스러운 모양새였지만 쉬지 않고 매일 연습한 덕분에, 몇 주 후 얼추 줄넘기 비슷한 것을 할 수 있었다. 연습하면 할수록 실력은 빠르게 늘었다.

열띤 줄넘기 연습의 결실은 초등학교를 졸업할 무렵 드러났다. 6학년 체육 수행 평가 종목이 줄넘기라는 소식에 나는 다시 맹훈련에 돌입했다. 줄넘기를 얼마나 오래 유지하는지가 관건이었다.

수행 평가 당일, 다 함께 강당에 모여 줄넘기를 시작했다. 줄이 발에 걸린 사람은 앉기, 숨이 차서 멈춘 사람도 앉기. 나는 방해받지 않기 위해 눈을 감고 줄을 넘었다. 그러다 어느 순간 주변이 매우 조용하다는 사실을 깨달았는데, 눈을 떠보니 모두가 다 앉아서 나만 바라보고 있었다. 줄넘기깨나 한다며 큰소리치던 남자애들까지 죄다 포기했고 내가 최후의 1인이 된 것이다. 정말 소소한 일화지만, 그때부터 나의 '하다 보니 되던데?'의 역사가 시작되었다.

<홈스쿨링생활백서>를 준비하면서의 일이다. 가장 먼저 세운 계획은 카드 뉴스 형식의 정보 제공이었다. 다만 나는 카드 뉴스 제작은 고사하고, 그 어떤 디자인도 해본 적이 없었다. 즉, 나는 카드 뉴스를 만들기에 필요한 그 어떤 능력도 가지고 있지 않았다.

나는 큰 고민 없이 포토샵 공부를 결심했다. 책이나 강의를 찾아보자니, 너무 오랜 시간이 걸릴 것 같았다. 자퇴 후 늘 독학을 해왔었던 터라 '이것도 혼자 해보지, 뭐.' 하는 생각으로 포토샵 창을 켜고 사진 한 장을 불러왔다. 그리

고 모든 기능을 다 적용해보기 시작했다. 이건 늘리는 것, 이건 글씨 쓰는 것. 이건 색칠하는 것…. 퇴근 후 잠을 2~3시간으로 줄이며 무작정 덤벼들었더니 3일 만에 어설프게나마 카드 뉴스를 만들어낼 수 있었다.

하지만 서툰 실력으로 호기롭게 도전했으니 효율은 빵점이었다. 간단한 카드 뉴스 시리즈 하나를 만들기 위해 12시간을 쏟아야 했다. 그래도 내가 할 수 있는 일이라곤 하고, 또 하고, 계속하는 것뿐이었다. 당시 내가 만든 카드 뉴스가 아직도 <홈스쿨링생활백서> 플랫폼에 남아 있는데, 지금 보면 부끄럽기 짝이 없는 촌스러운 디자인에, 폰트 선정도, 배치도 엉망이다. 5년 전 12시간 걸리던 그 카드 뉴스 이미지를 지금 다시 만들자면 30분이면 충분하겠지만, 스무 살의 내가 기특하니 그냥 두기로 한다.

행복한 사람의 시계

  '행복한 사람에게는 시간을 알리는 소리가 들리지 않는 다'는 독일 속담이 있다. 시간 가는 줄 모르고 푹 빠지게 되는 행복한 순간을 뜻한다. 나에게 그 순간은 욕조 속 물에 푹 잠겨 있을 때이다. 이 시간을 위해서는 생각보다 많은 준비가 필요하다. 우선 욕조를 닦아야 하고, 물속에 앉아도 넘치지 않을 정도로 중간 중간 세심하게 확인하며 물을 받아야 한다. 물의 온도가 너무 뜨겁거나 차갑지 않게 섬세한 온도 조절도 필요하다. 여기서 끝이 아니다. 목욕을 더 행복하게 만드는 마실 거리나 음악도 준비한다.

  나는 약간 뜨거운 정도의 물을 선호하는 편인데, 뜨거운 물속에서 마시는 차가운 맥주 맛이 최고이기 때문이다. 나는 한번 욕조에 들어가면 적어도 2~3시간은 나오지 않는다. 손이 쭈글쭈글해질 때까지 물에 잠겨 있다가, 물이

식어버리면 그제야 아쉬워하며 목욕을 마친다. 절대 물이 식지 않는 욕조가 있다면 반나절도 거뜬할 것이다.

우울은 수용성이라는 말을 들은 적이 있다. 지치고 우울한 하루더라도, 따뜻한 물에 씻고 나면 우울이 녹아 마음이 한결 가벼워진다는 것이다. 내가 목욕을 좋아하는 이유도 이와 같다. 몇 시간이고 물에 잠겨 있으면서 내가 지나온 길, 나아갈 길, 그 길을 지켜준 이들에 대해 생각한다.

스무 살 무렵 혼자 살았던 자취방에는 욕조가 없었다. 방과 화장실을 모두 합쳐 4평 남짓한 원룸이라, 욕조는커녕 화장실이 너무 좁아 문이 다 열리지도 않았다. 그곳에서의 시간이 내 인생에서 가장 우울했던 시기였다. 침대에 누워도 잠이 오지 않았고, 방에 누워있노라면 살고 싶지 않다는 생각밖에 들지 않았다. 약을 먹어야 할 만큼 극심한 우울증이었다. 나를 사랑해주는 수많은 존재가 있다는 걸 알면서도, 그 생각에서 벗어나기 힘들었다.

자취 생활을 끝내고 본가로 돌아와 가장 먼저 한 일은 목욕이었다. 5시간 동안 욕조에서 나오지 않아 엄마를 놀라게 했을 정도로 몇 달 동안 우울을 물에 녹인 끝에 우울증에서 완전히 벗어날 수 있었다.

요즘에도 시간을 보내는 것이 아니라 버티는 느낌이 들 때면 늘 목욕을 한다. 빠르게 돌아가는 초침에서 잠시 멀어지기 위한 나만의 방법이다.

충전기 집에 두고 왔어요

글이 잘 써지는 환경은 사람마다 다르다고 한다. 글쓰기 적합한 장소라고 하면, 흔히들 분위기 좋은 카페나 깨끗한 호텔, 조용하고 널찍한 서재 등 침대의 유혹이 없는, 침실과 동떨어진 곳을 꼽는다.

하지만 나는 내 방에서, 그것도 침대에서 한 발짝 떨어진 책상에서 쓰는 것을 가장 좋아한다. 퀸사이즈 침대와 책상, 무릎까지 오는 작은 수납장 하나가 전부인 두 평 남짓한 내 방. 책상에는 노트북과 달력, 블루투스 스피커가 있고, 벽에는 런던에서 고이 모셔온 포스터와 맨해튼의 풍경을 담은 캔버스 액자가 걸려 있다. 커튼과 이불은 아무 무늬도 없는 하얀색. 벽지는 어두운 연두색. 고양이와 강아지를 키우기 때문에 침대에는 대체로 항상 털이 복슬복슬하고 귀여운 누군가가 자고 있다.

글 쓸 준비는 아주 간단하다. 하얀 암막 커튼을 치고, 노트북 하나만 겨우 비추는 스탠드 불빛에 의지하며 잔잔한 음악을 틀어 놓으면 끝이다.

글 이외에도 내가 하는 일의 대부분은 이 작은 공간에서 탄생한다. 특이하게도 이 공간에서만큼은 지치지 않고 일할 수 있다. 내 충전기는 침대에 꽂혀 있어서, 침대 바로 앞 책상에 앉아 있자면 10시간이고, 12시간이고 끊임없이 일할 수 있다.

반면 밖에 나가면 아주 급속도로 지친다. 회의나 미팅, 인터뷰를 밥 먹듯이 해왔지만, 외출은 언제나 피곤한 일이다. 집에 있으면 아무 일도 손에 안 잡히는 사람과는 정반대의 성향이다. 자퇴 후 집에서 오랜 시간을 보내며 깨닫게 된 나의 가장 큰 특징이다.

이런 성향을 두고 흔히들 '집순이'라고 표현하던데, 나는 스스로를 '충전기 집에 두고 온 사람'이라고 표현한다. 집에서 누구보다 열심히 생활하니 부끄러울 일은 없다. 다만 한창 놀러 다닐 나이에 햇빛보다는 비타민D 알약을 더 가까이하는 스스로에 대한 염려 정도를 할 뿐이다.

마음 한켠에는 언제나 스무 살의 나를 향한 미안함이 있다. 또래와 같은 평범한 생활을 하지 못한 것에 대해서. 하지만 모두에게는 각자의 행복이 있는 법이라는 사실을 떠올리면 마음이 편안해진다.

나의 행복은 언제나 손에 닿는 거리에, 이 작은 방 안에 있다.

책상 앞 지박령

　매일 아침 침대에서 눈을 뜨는 시간은 이르면 오전 8시, 늦으면 10시 30분. 발을 쭉 뻗고 더듬더듬 다리를 움직여 보면 어딘가에는 늘 따뜻한 털뭉치가 닿는다.

　멍하니 앉아서 고양이를 쓰다듬다 반만 떠진 눈으로 얼른 핸드폰을 집어 든다. 언제 올지 모를 업무 연락 때문에 생긴 버릇이다. 지난 밤 도착한 연락을 확인하고, 침대에서 내려와 가장 먼저 고양이 화장실을 치운다. 고양이들에게 아침을 주고, 물그릇도 닦아서 새로운 물을 채워준다. 그리고 1층으로 내려가 가족들에게 인사한다. 귀여운 강아지들을 안아주고 잘 잤는지 물어보면 보더 콜리인 셜록은 아침 인사를 알아듣고는 인사에 답하듯 나를 가만히 쳐다본다. 가족과 함께 아침 겸 점심을 먹고, 건강한 삶을 꿈꾸며 영양제까지 챙겨먹은 후 방으로 돌아오면 일터로 떠날 준비가 끝난다.

내가 향한 일터는 다름 아닌 한 걸음 앞의 책상이다. 낮보다 밤에 일하는 걸 선호하는데, 이걸 핑계 삼고 싶진 않아 책상에 앉기 전 꼭 암막 커튼을 치고, 스탠드를 켜 내가 선호하는 환경을 만든다. 자리에 앉아 촬영한 영상 편집부터 시작한다. 2020년부터 영상 편집을 독학하기 시작했는데, 지금은 취미삼아 유튜브 채널에 매주 영상을 업로드하고 있다. 영상 편집을 마치면 핸드폰으로 프랑스어를 공부하는데, 이 또한 영상 편집과 함께 독학으로 시작했다. 요즘에는 무료 어플이 많아 무엇이든 쉽고 편하게 배울 수 있다.

학교밖청소년 단체 〈홈스쿨링생활백서〉 운영도 해야 한다. 매일 정해진 업무는 없지만 에디터들이 기획·제작한 콘텐츠를 검토하고, 업무 메일에도 답장한다. 행사를 기획하거나 외부 기관과 교류하고, 서면으로 인터뷰를 진행하기도 한다. 저녁은 간단하게 먹고, 샤워한 후 다시 책상으로 돌아온다. 블루투스 스피커로 좋아하는 노래를 튼다. 신나는 음악을 들으면 일에 집중하기가 힘들어서 차분한 노래를 찾는 편이다.

씻은 후에는 훨씬 더 편안한 마음으로 일할 수 있다. 신문 기사들을 둘러보기도 하고, 책을 읽기도 한다. 이런저런 이야기들로 머릿속을 채우고 나면 다시 노트북 앞에 앉아

글을 쓴다. 옛날의 나를 되돌아보거나, 지금 생각나는 이야기들을 적으면서. 무심코 시계를 보면 이미 새벽이 찾아온 뒤다. 빠르면 오전 1시, 늦을 때는 오전 3시가 훌쩍 넘은 시간. 마지막으로 다이어리에 적힌 오늘 할 일 목록을 확인한다. 단체 운영, 공부, 영상 편집, 원고 쓰기 중 하나라도 빼먹은 것은 없는지. 모든 목록에 체크 표시가 되어 있는 걸 확인하면 다시, 내일의 할 일을 적는다. 뿌듯하지만 어딘가 너덜거리는 마음을 다독이면서 한 걸음 뒤의 침대로 향한다.

　침대에 누워 책을 읽다가 다시 핸드폰을 뒤적거린다. 생각나는 것이 있으면 내일의 집필 소재로 삼기 위해 핸드폰에 메모해둔다.

　딸깍. 스탠드를 끄고 누워 생각한다. 오늘 하루도 정말 치열하게 살았다.

　학창 시절, 무언가 못하는 분야가 있으면 언제나 기를 쓰고 연습했다. 공부도, 체육도, 그림 그리기도, 노래 부르기도. 잘하는 축에 들 때까지 계속해서. 그럼 1등까지는 아니더라도 열등감을 가지지 않을 정도는 되었다. 하지만 시험 점수와 석차로 늘 평가받는 학교 안에서 열등감에서 벗어나기란 쉬운 일이 아니었다. 아마도 학교 밖으로 나오면 이 열등감으로부터 자유로워지지 않을까 내심 기대했던 것도 같다. 하지만 안타깝게도 학교 밖 세상에는 비교할 거리가 수만 가지 더 많았다. 나의 주된 기준값 중 하나는 세 살 터울의 언니였는데, 늘 언니만큼 하기 위해 노력해야 했다.

　공부는 물론 무엇이든 척척 해내던 언니는, 입학하기 힘들다는 명문 고등학교를 자퇴한 최초의 학생이 되었다. 학교 밖으로 나온 열여덟 살부터 매일 12시간씩 아르바이트를 하더니 그 돈을 모아 열아홉 살에 호주로 떠났다. 남들은 수능 공부에 매달릴 나이에 지구 반대편에서 집을 구하고, 일자리를 얻고, 대학을 졸업했다. 누군가 열아홉 살의 나에게 혼자 생존해보라며 남반구에 데려다 놨다면 자립은커녕, 울지 않고 버티기도 힘들었을 것이다. 그 모든 것을 스스로 결정하고, 척척 해내는 언니를 보면서 나는 경외감에 휩싸였다. 이제는 사회에 한몫하는 어엿한 사회인이 되었음에도 언니 앞에 서면 난 언제나 아이가 된 기분이다.

성인이 된 언니는 직장에 다니면서도 취미로 공부를 계속 해나갔다. 한번은 출퇴근 전후로 방에 틀어박혀 공부만 하더니, 한 달 만에 한국사능력검정시험 1급을 땄다. 영어로 모자라 중국어를 독학했고, 피아노와 코딩을 배우기도 했다. 언니를 보면 나는 늘 초조해졌다. 나 또한 최선을 다하고 있었지만 언니에 비하면 늘 뒤처진 것 같았으니까.

얼마 전, 언니가 나에게 놀라운 사실을 털어놓았다. 사실은 언니도 나에게 열등감을 가지고 있었다고, 나보다 뒤처지는 것이 두려웠다고. 결국 우리는 아무도 시키지 않은 비교를 거듭하면서 자신을 갉아먹고 있었던 거다. 그날 이후 나는 언니를 기준으로 나아가는 것을 멈추고, 어제의 나보다 나은 사람이 되기 위해 노력하기로 결심했다.

행복에도 연습이 필요하다

　나는 학부에서 심리학을 전공했다. 전공을 선택한 이유는 매우 단순했다. 조금 더 행복하게 살고 싶어서, 나 자신의 마음을 다독일 줄 아는 사람이 되고 싶어서.

　전공 서적을 읽던 중, '행복세상'이라는 용어 앞에서 잠시 멈칫했다. 일생에서 자신을 행복하게 만든 어떤 것들이 뇌에 저장되는 영역이 있다는 것이다. 이를테면 귀여운 반려묘가 될 수도 있고, 어느 날 갑자기 가을이 왔다고 느껴지던 그 순간의 공기가 될 수도 있다. 행복세상은 삶의 동기가 되기도 하며, 우리의 일상을 더 좋은 방향으로 이끈다.

나는 나의 행복세상을 하나의 기분 상태로 정의했다. 기분 좋은 상태를 오래 유지하는 것이 곧 행복세상에 오래 머무는 방법인 셈이다. 그러나 그런 일은 그렇게 자주 찾아오지 않는다. 그러니 행복세상에 오래 머무르고 싶다면, 그 범위를 넓히는 일부터 시작해야 한다.

주말 아침에 눈을 떴을 때 느껴지는 따뜻한 이불의 촉감, 해사하게 웃는 강아지의 눈빛, 마음에 드는 책의 마지막 장을 덮으며 주인공이 행복하길 바라는 때의 기분.

만약 우울이나 불안, 슬픔처럼 어두운 감정이 휘몰아칠 때면, 눈을 감고 나를 행복하게 만드는 것에 대해 생각한다. 지구 반대편의 젤라또, 나를 믿어주는 사람들, 다가올 생일…, 무엇이든 좋다.

내게 있어 인생이 멋진 이유 중 하나는, 행복세상은 절대 줄어들지 않는다는 점이다. 나이가 들어 삶의 빅데이터가 쌓일수록, 나를 행복하게 만드는 방법도 늘어난다. 새롭게 만난 사람들, 새로 알게 된 취향, 어제 처음 본 귀여운 강아지 영상 같은 것들. 순간을 그저 넘기지 않고 새기자 내일이 조금 더 기다려졌다.

아, 행복에도 연습이 필요한 거였구나.

부재는 취향의 초석

나에게 학교란, 좋든 싫든 늘 시끌벅적한 곳이었다. 학교에 있자면 아침부터 오후까지 적막 속에 놓일 일이 거의 없다. 각자의 자리에서 수다 떠는 소리, 연필 끄적이는 소리, 선생님 몰래 쪽지를 주고받는 소리, 심지어 체육복을 갈아입는 그 짧은 순간에 흘러나오는 웃음소리까지 크고 작은 소리들이 교실을 가득 채운다.

학교를 떠난 뒤 나는 소리의 부재를 크게 실감했다. 방 안에 혼자 앉아 있자면 웅성거림이나 작은 소곤거림을 들을 일이 드물다. 소리에 민감한 나에게는 잘된 일이지만, 누군가에게는 이런 적막이 외로움이 되기도 한다. 하지만 달리 생각해보면 그 적막을 내가 원하는 소리로 가득 채울 수 있는 아주 좋은 기회다. 조용한 방 안에서 하루 종일 좋아하는 음악을 듣거나 생활 속 작은 소리들에 귀 기울이며 내가 좋아하는 소리들을 찾아갈 수 있으니 말이다.

학창 시절의 내 세상은 겨우 학교와 집 정도가 전부였다. 무언가를 듣는다기보단 소리에 노출되는 것에 가까웠는데, 홈스쿨링을 하면서부터는 소리의 변화, 계절의 흐름에 더 민감해지고, 내 취향의 소리를 찾아갈 수 있었다. 개구리 소리를 듣기 위해 창문을 열었고, 겨울 냄새가 나면 누구보다 빨리 캐럴을 찾아 들었다. 그렇게 시간을 채우고 취향을 만들던 습관들이 모여 내 세상을 조금씩 넓혀가고 있다. 모두에게 주어진 세계의 넓이는 같지만, 세상의 넓이는 다르다고 하지 않은가.

학교 밖 세상에서 우리는 혼자 남겨져 외로운 사람들이 아니라, 어디로든 갈 수 있어 고민하는 사람들이다.

모두에게 수요일을

    그냥저냥 사는 건 질색이다. 이왕이면 모든 날을 의미 있게, 알차게, 행복하게 보내고 싶다. 이는 내가 학교를 떠난 결정적인 이유이기도 하다.

    학교에 다닐 당시, 나는 군중 속의 일탈 같은 건 꿈도 꾸지 못하는 모범생이었다. 일찍 일어나기 귀찮아하면서도 꼬박꼬박 정시에 등교하고, 숙제도 바로바로, 수행 평가도 열심히 준비하면서 지내다 보면 어느새 방학이 왔다. 만일 학교를 떠나지 않았더라면 그럭저럭 괜찮은 인문계 고등학교에 진학해서, 또 그럭저럭 괜찮은 4년제 대학에 들어갔을 것이다. 똑똑한 사람이라서가 아니라, 겁이 많은 사람이라서. 뒤처지거나 동떨어지는 것이 두려워 남들이 하는 건 얼추 다 하면서, 그냥 그렇게 살았을 것이다.

당시 내가 가장 좋아하던 요일은 수요일이었다. 수요일에는 흰 우유가 아니라 초코우유나 딸기우유가 나왔고, 스파게티나 카레라이스 같은 특별한 급식 메뉴가 나왔다. 아주 사소한 것 같지만 어쩌면 나는 조금 다른 수요일을 기다리면서 매일 똑같은 학교생활을 버틴 것일지도 모른다.

학교 밖으로 나온 후 나의 수요일은 '여행'이었다. 학교에 다닐 적 내 삶이 기성품이었다면, 학교를 떠난 후 내 삶은 마치 'DIY MY LIFE' 키트와 같았다. 나를 둘러싸고 있던 큰 울타리가 사라지니 삶의 한계도 사라진 듯한 기분이 들었다. 내 마음대로 마음껏 움직일 수 있는 내 인생이 점점 더 궁금해지기 시작했다. 내게 주어진 시간을 어떻게 보낼 수 있는지, 내가 어디까지 갈 수 있는지도.

그래서 어디서든 멋진 풍경을 만나면 꼭 마음에 담아두곤 한다. 예를 들어 책, 여행 플랫폼, 유튜브 등을 둘러보다 반짝거리는 크리스마스 마켓 사진이나, 눈 덮인 스위스 산맥의 절경을 발견하면 모두 적어둔다. 그리고 그곳에서 무엇을 하고 싶은지도 함께 적는다. 나의 '언젠가 꼭 가겠다' 리스트다. 거기에는 대략 이런 것들이 적혀 있다.

☐ 파리 디즈니랜드에서 생일 보내기(불꽃놀이 필수)
☐ 이탈리아의 친퀘테레에 가서 '친퀘테레' 음악 듣기
☐ 프라하에서 굴뚝빵 먹기(딸기, 초코시럽이 들어간 것)

☐ 로마 트레비분수에 동전 던지기

☐ 기차 타고 스위스 산맥 오르기

☐ 독일 크리스마스 마켓에서 소시지 사 먹기

청소년들을 대상으로 강연을 할 때면 빈 종이에 하고 싶은 것을 마음껏 적어보라고 한다. 쭈뼛거리며 잘 적지 못할 때, 나의 '언젠가 꼭 가겠다' 리스트를 보여주며 말한다. "가고 싶은 곳, 하고 싶은 것, 먹고 싶은 것을 구체적으로 써보세요. 당장 달에 갈 수 없는 것과 내가 달에 가고 싶은 사람인 것조차 모르는 건 전혀 다른 일이니까. 매일을 행복하게 살 수 없다면 한 달에 한 번 나만의 날을 정해서 보고 싶었던 영화도 보고, 먹고 싶었던 과자도 사 먹어요."

내가 하고 싶은 것과 좋아하는 것들은 삶이 어두울 때 등불이 되어준다. 울타리가 없는 학교 밖에서는 더더욱 그렇다. 결국 나는 몇 년에 걸쳐 위에 나열했던 '언젠가 꼭 가겠다 리스트'를 빠짐없이 이루었다.

아무도 그럭저럭 살지 않았으면 좋겠다. 지금 꿈꾸는 수요일이 터무니없이 느껴질지라도, 요일은 다시 돌아오기 마련이니까. 실낱같은 순간의 행복도 엮으면 비단이 된다.

우리 모두에게는 자신만의 수요일이 필요하다.

제
주
도
의
푸
른
밤

　내가 진짜 여행이라 부르는 첫 여행은 수학여행도, 가족 여행도 아닌 열여덟 살 때 친구들과 떠난 여행이다. 동네 빵집에서 열심히 빵을 팔고 매장 바닥을 닦으면 시간당 5,000원 남짓 벌 수 있었다. 돈 쓸 일이 많지 않아 버는 족족 저금을 했다. 그렇게 모인 몇 달간의 아르바이트비로 나는 3박 4일 제주도 여행 계획을 세웠다. 딱히 여행을 가기 위해 돈을 번 것은 아니지만, 당시의 나에겐 여행을 떠나는 일이 가장 의미 있게 돈을 쓰는 방법이었다.

　제주도 여행을 함께하기로 한 두 친구도 나와 같은 학교 밖청소년이었기에 학교 출석 걱정 없이 떠날 수 있었다. 학교에서 수학여행을 떠날 때는 가정통신문에 적힌 일정대로 따라가면 그만이지만, 이번엔 모든 일정을 직접 계획하는 여행이었다. 우리는 머리를 싸매며 비행기 표를 예매하고 숙소도 예약했다. 온갖 관광지를 찾아보고, 구글 맵을 보고 또 보면서 여행 루트도 짰다.

이렇게 단단히 준비하고 떠난 여행은 생각만큼 화려하거나 환상적이지 않았다. 먼저 제주도 물가는 서울보다 비쌌다. (관광지 위주로 돌아다닌 탓이겠지만) 돈이 부족해 그 유명한 제주도 흑돼지는 입에 대지도 못하고, 늘 장을 봐 직접 요리해 먹어야 했다. 시간이 여유롭지 않은 탓에 하루쯤은 가야 한다는 우도에도 가지 못했고, 설상가상으로 성산일출봉에 오르기로 한 날에는 비까지 내렸다. 편의점에서 사 입은 싸구려 우비는 거센 비바람 때문에 무용지물이 되었고, 온몸이 쫄딱 젖었다. 물안개 짙은 바다는 어둑어둑했다. 계획대로 되는 일이 하나도 없었다.

악조건 속에서도, 그 가난한 여행이 참 찬란한 기억으로 남아 있다. 내 발로 떠난 여행지는 눈길 닿는 모든 곳이 흥미로웠기 때문이다. 비 오는 날의 사려니숲길은 비현실적으로 아름다웠고, 6월의 애월 바다는 눈이 시릴 만큼 맑았다. 이후로 몇 달간은 제주도 사진만 봐도, 「제주도의 푸른 밤」 노래만 들어도 너무 그립다며 '제주도 앓이'를 했다.

그때 우린 여행의 참의미를 깨달았다. 여행이 이렇게 즐거운 거구나. 좋은 사람들과 마음 가는 대로, 발길 닿는 대로 움직이면서 세상을 구경한다는 건 정말 멋진 일이었어.

처음 만난 여유

　처음으로 혼자 비행기에 오른 건 열여덟 살 호주에 살고 있는 언니를 만나기 위해서였다. 언니는 자퇴 후 열아홉살에 워킹홀리데이를 떠났는데, 서호주에서 가장 큰 도시인 퍼스에 살았다. 호주 여행지로 많은 이들이 찾는 시드니나 멜버른은 모두 동쪽에 있으니, 서호주는 여행지로 각광받는 곳은 아니다. 나 역시 언니를 만나는 것에 목적을 두고 떠났기에 큰 기대는 없었다. 하지만 직접 마주한 퍼스는 내 상상보다 훨씬 아름답고 즐거운 곳이었다. 맑은 하늘과 낮은 건물들, 아름다운 풍경에 마음을 빼앗긴 것도 잠시, 이보다 더 인상적이었던 것은 사람들의 여유였다. 퍼스 사람들은 언제나 아주 느긋하다고 언니는 말했다.

　어느 날 우리가 타고 가던 트램이 갑자기 멈추는 사고가 생겼다. 기사님이 몸을 돌려 작은 목소리로 뭔가 이야기하기 시작했다. 아마 전기에 문제가 생겼다는 것 같았다. 여유롭게 책을 읽으며 출근하던 직장인들은 아무 일도 없었던 것처럼 아주 느긋하게 트램에서 내려 근처 지하철역으로 다함께 걸어가기 시작했다. 무엇이 문제냐고 따져 묻거나 짜증내는 이도, 급하게 뛰는 이도 없었다.

"저 사람들 왜 안 뛰어? 지각 안 하나?"

"글쎄 여기 사람들 뛰어다니는 걸 못 본 것 같은데."

학교를 떠난 뒤 경쟁과 멀어진 덕분에 느긋함과 여유에 익숙해졌지만, 호주의 여유는 참 색다르게 느껴졌다. 당시 나는 내 삶의 여유에 유효 기간이 있으리라 생각했다. 지금은 편안하고 행복하지만, 성인이 되면 내 몫을 잘해내기 위해 이 모든 편안함을 포기해야 할 수도 있겠다는 각오 정도는 하고 있었다. 도시의 모습은 너무도 빠르고 사람들은 너무 바빴기 때문이다. 서울에서 만난 어른들은 빨리 걷고, 빨리 먹고, 무언가에 쫓기듯 바빠 보였기에 나 역시 그렇게 어른이 될 거라고 생각했다. 하지만 이렇게 평생을 느긋하게, 여유롭게 살 수도 있음을 깨닫고 나니 기분이 묘해졌다.

꼭 바쁘게 걸어야 하는 건 아니구나. 바쁘게 살아야 하는 것도 아니구나. 내 삶의 속도는 내가 정해도 되는 거구나. 여행은 내게 삶의 면적을 넓히는 하나의 배움이 되었다.

승부욕 강한 평화주의자

　나는 승부욕 강한 평화주의자다. 무엇이든 경쟁을 하면 꼭 이겨야만 직성이 풀리지만, 경쟁을 좋아하지 않아 게임조차 하지 않는다. 특별한 이유 없이는 집에서 한 발짝도 나서지 않는 집순이지만, 여행을 사랑한다. 외출은 짧고 굵게 하려 노력하면서 여행은 되도록 멀리, 오래 떠난다. 돈 한 푼 못 버는 봉사 활동에 주력하면서도 물욕이 넘치는 사람이다. 서울 한복판에서 태어났지만, 도시의 삶보다 배달 음식도 오지 않고 편의점조차 걸어갈 수 없는 시골의 삶을 좋아한다.

　한마디로 나는 매우 모순적인 사람이다.

학교를 떠난 뒤 한동안 '나는 누구인가'라는 생각에 빠져 있었다. 나 자신을 돌아볼 시간이 많아진다는 것은 축복이지만, 한편으로는 위험한 일이기도 하다. 알면 알수록 내 안의 모순이 눈에 띄었고, 그 사실이 나를 울적하게 만들었기 때문이다.

'학생'이라는 정체성 하나가 빠졌을 뿐인데 나는 나를 처음부터 다시 세워야만 했다. 나는 무엇을 좋아하는 사람인가, 나는 어떤 것을 잘하고, 어떤 것을 두려워하는가. 두려움에 빠졌을 때는 무엇이 나를 구할 수 있는가.

나의 모순에 관한 해답을 찾기 위해 타인의 삶을 알아야 했다. 책을 읽고, 신문 기사를 보고, 많은 인터뷰를 읽었다. 세상에는 수억 가지의 인생이 있고, 학교에 다니지 않는다고 해서 달라질 건 없다는 것도 알았다. 나는 특별한 사람도, 특이한 사람도 아니구나. 그 사실이 나에게 묘한 위안을 주었다.

아직도 가끔 나의 불완전함이 나를 억누를 때가 있다. 더 잘할 순 없었나? 더 좋은 사람일 수는 없었나? 사람들에게 솔직했나? 현실과 이상 사이에서 아슬아슬하게 줄타기를 하며, 나를 지키기 위해 오늘도 되뇌인다.

누구에게나 모순이 있다.

단어를 줍는 사람

초등학생 시절 나는 학교 도서관에 들락거리며 책장 사이사이를 오가는 시간을 좋아했다. 그렇게 돌아다니다 눈에 띄는 책을 빌려 읽는 재미가 쏠쏠했기 때문이다.

하루는 우연히 국어사전을 발견해서 읽기 시작했는데, 주위 사람들은 그런 내 모습을 엉뚱하게 보는 듯했다. 아니 세상에 재미있는 책이 얼마나 많은데, 굳이 두껍고 따분한 사전을?

하지만 한창 궁금한 게 많았던 내게 사전은 마치 종합선물세트 같았다. 엄마를 붙잡고 물어보지 않고도 단어의 뜻을 알 수 있었으니 사전은 내게 흥미로움 그 자체였다. 나는 매일같이 사전을 읽었고, 결국 며칠 만에 ㄱ부터 ㅎ까지 수백 장, 수천 개의 단어를 다 읽었다. 그 덕에 아직도 가끔 글을 쓰다가 평소 잘 사용하지 않는 단어가 툭 튀어나올 때가 있다.

이제는 종이 사전보다는 인터넷 사전을 애용한다. 종이 사전 특유의 얇고 바스락거리는 질감을 느끼지 못하는 건 아쉽지만, 인터넷 사전만의 또 다른 매력이 있다. 바로 내가 찾은 말의 유의어와 반의어를 소개해주는 친절함이다. 예를 들어 내가 '걸출하다'를 검색한다면, '출범하다', '출중하다', '뛰어나다'라는 유의어를 소개해준다.

꼬리에 꼬리를 물고 사전을 살피다 보면 생각도 꼬리에 꼬리를 물고 이어진다. 어쩌다 이런 말이 생겼을까? 다른 언어에도 이런 뜻을 가진 단어가 있을까? 이런저런 생각을 하며 단어를 줍는 게 내 취미 중 하나가 되었다.

가끔 예쁘고 포근한 단어를 주우면 해변에서 예쁜 돌멩이를 발견한 것처럼 기분이 좋아진다.

매일 다른 시간표

여러 지역으로 강의를 다니다 보면, 어쩔 수 없이 강의 장소 근처에서 하루 묵어야 하는 일이 생긴다. 깔끔한 호텔도 좋지만, 여건이 맞을 땐 친구 집에서 하루 신세를 지곤 한다.

경기도 안산 지역으로 강의를 갔다가 친구 집에 묵었던 날이다. 가방을 내려놓자마자 문득 확인해야 할 업무가 생각나 방문 앞에 쪼그려 앉아 노트북을 펼쳤다. 친구가 씻고 오라며 내어준 파자마를 품에 낀 채. 불편한 자세로 한참을 일에 몰두하는 모습을 보던 친구가 못 말린다는 듯 말했다.

"정말 언제 어디서든 하고 싶을 때 무턱대고 일하는 건 여전하구나!"

일이나 공부를 삶에서 구분하지 않는 건 학교를 떠난 뒤 얻은 습관이다. 정해진 시간표가 있는 학교와는 정반대의 삶을 살게 되었기 때문이다.

업무 시간을 따로 정해 놓지 않고 하고 싶은 일을 하고 싶은 시간에 한다. 하고 싶은 공부 역시 집중이 잘되는 시간에 하곤 한다. 덕분에 시간을 꽤 효율적으로 쓸 수 있게 되었고, 생활에 대한 주체성도 갖게 되었다. '오늘 아침에는 졸려서 영어가 머리에 잘 안 들어왔어' 같은 변명이 불가능한 것이다. 아침에는 아침에 잘되는 일을 하면 되니까. '9시부터 앉아서 일을 할 거야!' 같은 다짐은 내게 어울리지 않는다. 밥을 먹다가도 잠시 메일을 확인하고 운동하다가도 생각난 글감을 메모하며, 낮잠을 자다가도 잠시 일어나 잠을 깰 겸 프랑스어를 공부하기도 한다. 정해진 시간에 정해진 의자에 앉아서만 일했다면 여러 가지 일을 동시에 해내기 힘들었을 거다. 오랜 시간 지치지 않고 꾸준히 이어오는 것도 당연히 불가능했을 테고 말이다.

학교 밖에서 새롭게 배운 게 참 많다. 배움도 일도 어디에서나 내가 마음먹은 대로 할 수 있다면, 그만큼 즐거운 삶이 또 있을까?

두 번째 열아홉

"스무 살이 되기 전에 꼭 해야 할 일이 뭐예요?"

언젠가 강연에서 이런 질문을 받은 적이 있다. 열아홉 살, 가을을 지나고 있다던 그는 성인이 되기 몇 달 전으로 돌아간다면 무엇을 하겠냐고 물었다. 한 번도 생각해본 적 없는 질문에 잠시 주저했다. 내 답변이 그를 실망시키는 건 아닐까? 잠시 고민했지만 최고의 전략은 솔직함이라고 믿기에 떠오른 그대로 답했다.

"열아홉에 하면 가장 좋을 일은, 스물에 대한 환상을 버리는 것이에요."

스무 살 겨울, 나는 전례 없는 허탈감에 빠져 있었다. 대체 뭘 했다고 스무 살이 다 갔단 말인가? 청춘의 대명사, 존재만으로도 찬란한 나이, 모두가 입을 모아 스무 살의 꽃다움에 대해 떠드는 것을 보면서 기대를 쌓아왔건만. 우습게도 나의 스물은 두 번째 열아홉과 다를 바가 없었다. '객관적으로' 내 스무 살이 실망스럽게 흘러간 것은 아니다. 청춘이라면 마땅히 사랑하고, 여행하고, 몰두하라는 수많은 조언에 따라 꽤 많은 것을 이행했으니까.

하지만 보다 더 특별한 무언가가 있을 줄 알았다. 기대가 너무 컸던 탓일까. 정작 스무 살이 되어 보니 정신 연령은 작년과 크게 다르지 않은데 성인이라는 나잇값을 해야 하고, 돈은 없는데 어딜 가든 성인 요금을 내야 하며, 술을 마실 수 있게 되었지만 소주 이외에는 사치인 그런 나이일 뿐이었다.

더욱 놀라운 사실은 스물한 살 또한 스무 살과 비슷하게 흘러갔다는 것이다. 스물두 살로 넘어가는 길목은 더 수월했고, 이십대 중반이 된 지금은 조금 더 커진 부담감과 아주 많이 커진 기대감을 안고 살아가는 중이다.

그러니까 스물이라는 나이에 환상을 갖지도 말고, 스물에 하고 싶었던 건 스물하나에도, 스물둘에도 마음껏 하시라는 나의 대답에 그는 잠시 미소를 지었다. 구체적인 답을 주지 못해 미안한 생각이 들기도 했지만 그게 나의 최선이었다. 생각했던 것과 다르고, 심지어 더 별로더라도 너무 실망하지 말라고. 무방비 상태로 이십대를 맞이할 마지막 십대의 마음에 보호 필름 하나 끼워주고 싶었다.

가장 큰 후회, 프라하에 두고 왔음

"최근에 가장 후회한 일이 뭐였냐?"

친구가 갑작스럽게 물었다. 나는 고민 없이 대답했다. 프라하에 가서 굴뚝빵 못 먹고 온 것. 농담처럼 들리겠지만 진심이다. 체코에는 '뜨르들로'라는 빵이 있는데, 긴 원통형의 빵에 설탕을 뿌려서 돌돌 돌리며 구운 것이다. 속에는 아이스크림이나 초콜릿, 딸기 같은 달콤한 재료들을 넣기도 한다. 그 모양이 꼭 굴뚝 같다 하여 굴뚝빵이라 부른다. 체코에 가기 전 꼭 먹어보겠노라 다짐했는데, 막상 프라하에 도착하니, 물보다 싼 체코 흑맥주에 푹 빠져 굴뚝빵 먹을 배를 남겨놓지 못했다. 결국 그 맛있다는 뜨르들로를 입에 대지도 못하고 한국에 돌아온 것이다!

내가 세상에서 가장 두려워하는 것은 '후회'다. 내 어린 시절 이야기가 나올 때마다 부모님이 늘 빼놓지 않는 말이 '선택을 못 해서 답답해 죽는 줄 알았어!'였다. 과자를 하나 골라 오라고 하면, 매대 앞에 서서 콘칩과 초코칩 쿠키 사이를 오가며 10분이고 30분이고 고민했다고 한다.

한번은 친구가 로또 번호를 골라달라며 내게 한 줄을 맡겼는데, 번호 6개를 고르는 데 5분이나 걸렸다. 건물주를 꿈꾼다는 친구의 미래가 내 손에 달려 있다니 신중하고 또 신중할 수밖에. 친구가 너한테 맡기는 게 아니었다며 고개를 절레절레 저을 만큼 신중을 기해 고른 번호는 100% 다 틀렸고, 당첨되면 당장 백화점으로 달려가겠다는 계획도 무산되었다. 어쨌거나, 내가 선택을 어려워하는 이유는 매 선택마다 최선을 다하고 싶기 때문이다. 그래야 후회가 없고, 그래서 후회 없이 산 편이라고 자부하곤 한다.

"자퇴한 거 후회하지 않으세요?"

인터뷰 때마다 듣는 단골 질문이다. 자퇴를 후회한 적은 없는지, 다시 열다섯 살로 돌아가더라도 같은 선택을 할 것인지 묻는다. 그때마다 나는 고개를 젓는다.

"전혀 후회하지 않아요. 오히려 열네 살로 돌아가 1년 일찍 자퇴하고 싶은 걸요."

단 한 번도 이 선택을 후회한 적 없기 때문이다. 자퇴를 선택한 것은 내 인생의 로또나 마찬가지였다고 생각한다. 덕분에 모두의 속도가 다르다는 걸, 눈앞에 보이는 넓은 길만이 전부가 아니라는 것을 깨닫게 되었고, 나 역시 언제든지 약자의 자리에 설 수 있는 사람이라는 것을 알 수 있었다. 좁은 길과 작은 목소리에도 주의를 기울일 수 있는 사람이 된 건 자퇴의 영향이 크다.

이렇게 만족스러운 성장기를 보낸 나지만, 자퇴를 고민하는 청소년들에게는 선뜻 이를 권유하지 않는다. 도리어 말리는 편이다. 그 때문에 당신은 좋았다면서 왜 나를 말리냐는 원망 섞인 말을 들은 적도 있다. 하지만 내가 후회하지 않았다고 해서, 다른 누군가도 후회하지 않으리라는 보장은 없으니까.

이렇게 말하면서도 삶의 곳곳에는 후회로 점철되는 순간들이 있기 마련이다. 후회 한 점 없는 삶이 어디 있으랴. 다만 나는 후회를 품 안에 끌어안고 살게 될까, 그게 가장 두려웠다. 그래서 후회는 늘 어딘가에 두고 오고 싶었다. 프라하까지 가서 굴뚝빵을 못 먹고 온 것이 두고두고 아쉬웠던 나는, 결국 이듬해 다시 프라하로 가는 티켓을 끊고 까를교 옆에 서서 굴뚝빵을 먹었다. 그날 빵을 입에 욱여넣는 모습을 찍어 친구들에게 보내며 말했다.

가장 큰 후회, 프라하에 두고 왔음.

도망친 곳에도 낙원이 있다

도망친 곳에도 낙원이 있다

'도망친 곳에 낙원은 없다.' 이 문장을 볼 때마다 나는 그 믿음이 얼마나 많은 생명을 앗아갔는지에 대해 생각한다. 나를 가장 슬프게 하는 것은 학교에서 생을 마감한 학생들의 소식이다. 학교 폭력에 지쳐서, 성적을 비관하면서, 더 이상 학교에 다닐 자신이 없어서. 그런 이유로 우리가 잃은 생명이 얼마나 많았는지 생각하면 마음이 무거워진다.

자살은 죄악이라거나, 죽을 용기로 살아야 한다는 그런 말 따위를 하고 싶은 것이 아니다. 다만 도망친 곳에서도 새로운 행복을 찾을 수 있다는 걸 누군가 알려주었다면,

그들의 선택이 조금은 달라지지 않았을까 생각해본다.

아직도 학생은 학교에 있는 게 당연하다며 학교밖청소년을 비난하거나 한심하게 생각하는 사람들이 많다. 대체 언제까지 자퇴는 나쁜 것이라는 편견 속에 아이들을 가둘 것인가. 얼마나 더 많은 생명을 잃고서야 우리는 도망친 자를 포용할 수 있을까?

그동안 자퇴하고 싶다는 청소년들을 수없이 말려왔지만, 청소년 자살 기사를 볼 때만큼은 시간을 돌려 그의 손을 붙잡고 말해주고 싶다. 만약 학교라는 곳이 당신을 몹시 괴롭고 절망스럽게 한다면 학교 없이도 살 수 있다고. 그 모든 것들을 두고 나와서 처음부터 다시 시작할 수도 있다고. 도망친 곳에도 낙원이 있다고 말이다.

우리는 옥상이 잠겨 있는 학교, 창살 있는 학교를 수없이 마주하면서도 그 심각성에 대해 잊고 산다. 그 쇠붙이들이 아이들의 죽음을 막았나? 아니다. 그저 더 높은 아파트로 몰아넣었을 뿐이다. 학생들의 죽음은 학교 옥상 문을 잠그는 것만으로, 교실 창문에 창살을 다는 일 따위로 막을 수 있는 것이 아니다. 필요한 때에 도망칠 수 있는 용기를 주고, 도망칠 공간을 주고, 도움받을 수 있는 곳이 있다는 것을 알려주어야 한다.

도망친 자를 손가락질하거나 가려보지 않는 것.

때로는 편견 없는 눈빛 하나가 한 생명을 구한다.

학업 중단을 금禁하라

'학업 중단 예방', '학업 중단 숙려제', '학업 중단 학생 지원'…. 이런 문구들은 내 마음을 불편하게 한다. 나는 학교를 떠난 후 학업을 중단한 적이 단 한 번도 없었다. 오히려 친구들이 또 뭘 공부하냐며 혀를 내두를 정도다.

실제로 학교를 떠난 청소년들의 상당수가 검정고시, 입시, 취업, 창업 등 다양한 진로 개척을 위해 부단히 노력한다. 하지만 그 사실은 가려진 채 학교 밖으로 나왔다는 이유만으로 학업 중단이라는 억울한 편견 속에서 살아야 하는 것이다.

학업 중단이란, '청소년은 학교에 있는 것이 기본값'이라는 좁은 시야에서 나온 용어다. 이 용어가 등장했을 당시

엔 맞는 말이었을지 몰라도, 21세기의 흐름에는 심각하게 뒤처진 말이 아닐 수 없다.

학교 밖에도 배울 거리가 넘친다. 나는 졸업을 위해 교과목을 공부하는 것은 물론, 그 이상을 해내는 청소년들을 너무나 많이 만나왔다. 가구를 만들고, 글을 쓰고, 영화를 찍고, 사람을 살리는 그런 사람들을.

학교는 작은 세상이라며 학교에서 버티지 못한 아이들은 세상에서도 버티지 못할 것이라는 그 말이 무색하게도, 학교 밖에서 세상을 알아가고, 이겨내고, 개척하는 사람들은 너무나 많다.

말에는 힘이 있다. 누군가를 쓰러트리기도, 일으켜 세우기도 하는 것이 말이다. '학업 중단'이라는 말을 사용하면 할수록, 그 말이 가진 힘은 커져서 더 큰 생채기를 입히고 더 큰 오해와 편견을 만들고 만다.

'나는 학업을 중단한 것이 아니다. 그 말은 매우 잘못된 표현이다.' 이 분명한 사실을 알고 있는 마음에도, '학업 중단'이라는 말이 스치면 어김없이 생채기가 나니까. 상처받은 아이들이 쓰러지지 않도록 우리가 해야 할 일은 연고를 발라주는 것을 넘어서, 상처의 원인이 되는 가시 박힌 편견적 말들을 뽑아내는 것이다. 이제는 '학업 중단'이라는 말을 금(禁)하라.

지들이 싫어서 나간 거면서

학교밖청소년 지원을 다루는 기사나 칼럼, 심지어는 세미나 등에서도 빠지지 않고 들려오는 이야기가 있다.

"지들이 싫어서 나갔는데, 뭘 더 해주겠다는 건가?"

2019년 서울시교육청에서 '학교밖청소년을 위한 교육참여수당 지급'을 발표하던 날도 예외는 아니었다. 서울시교육청의 교육참여수당은 학교밖청소년들에게 월 10~20만원을 지원하는, 당시로써는 매우 혁신적인 정책이었다. 수당을 받기 위해서는 교육청이 운영하는 학교밖청소년 도움센터에 성실히 출석해야 하며, 사용 전후로 계획서와 보고서를 작성하는 등 까다로운 절차를 거쳐야 한다. 또한, 현금 인출 기능이 제한된 클린 카드나 청소년증 교통 카드에 수당이 충전되기 때문에 교육비나 교통비, 식비 등 사용 가능한 범위도 제한적이고 명확하다. 그러나 교육청이 학교밖청소년에게 금전적으로 지원한다는 기사가 나오자, 댓글 창에는 세금이 아깝다는 이들이 저마다의 분노와 억울함을 쏟아냈다. 그 의견들을 순화하여 담아보자면, 대략 이런 내용이다.

"다시 학교에 집어넣을 궁리는 안 하고 더 나오라고 고사를 지내라!", "자퇴생들한테 돈 줘봤자 불법 토토나 하고 술·담배나 사겠지.", "학교조차 버티지 못한 사회 부적응자들에게 아까운 세금을 쓰지 말라."

사실 이건 일부 누리꾼들만의 이야기가 아니다. 나는 착하고 도덕적으로 살아왔다고, 평범한 사람이라고 자부하는 이들도 비슷한 생각을 한다. 학교밖청소년들에게 쓸 돈이 있으면, 학교 안에서 성실히 공부하는 아이들에게 떡 하나라도 더 얹어주라는 비난이 익숙할 정도다.

이런 반응을 접한 학교밖청소년들이 의기소침해지는 건 당연하다. 한때는 나도 이런 말들에 상처를 받았으니까. 어떤 청소년들은 이렇게 욕먹을 바에야 지원받지 않는 게 낫겠다고 한다. 나는 그럴 때마다 이렇게 답한다.

"받을 수 있는 건 다 받아야죠. 여러분의 보호자도 교육세는 다 내요. 우리가 자퇴해서 절약된 세금이 얼만데!"

고등학생 한 명에게 들어가는 세금은 연평균 약 1천만

원(2015년 기준)에 가깝다. 학교에 다니며 숨만 쉬어도, 등교해서 급식 먹기 전까지 엎드려 잠만 자는 학생에게도, 지금 이 순간에도 세금은 계속해서 나가는 것이다. 반면 학교밖청소년 한 명에게 지원되는 세금은 연평균 54만 원(2018년 기준) 정도라고 한다. 학교밖청소년이 지원받는 예산은 학교에 다니는 학생 대비 5.4%에 불과한 것이다. 나는 중학교를 1년 다니고 그만뒀으니, 대체 내가 아낀 세금이 얼만가? 댓글 창에서 세금 아까워하던 누리꾼들의 논리대로라면 자퇴생들은 비난의 대상이 아닌 고마움의 대상이 되어야 하지 않겠는가.

나는 현재 그 뜨거운 감자였던 서울시교육청의 교육참여수당 지급 대상자 선정 심사 위원으로 활동하고 있다. 수당을 받는 대상자는 점점 늘고 있고, 유흥비로 써버릴 것이라는 우려와는 다르게 대다수의 청소년들은 교육비, 식비, 교통비 등에 활용하며 열심히 미래를 준비하고 있다.

금전적 지원은 학교밖청소년에게 꼭 필요한 정책이다. 하지만 차별적 시선은 지원 정책의 탄생을 막고, 학교밖청소년들의 마음에 돌덩이를 얹는다. 마땅히 받아야 할 권리임에도 주저하게 만드는 것이다. 좋은 지원 정책을 만드는 것만큼 중요한 것은, 학교를 떠난다고 해서 지원받을 권리가 사라지는 게 아니라는 걸 알리는 일이 아닐까?

마음에 흠이 나지 않도록

내가 학교를 떠난 지 벌써 10년이 되었다. 그동안 정말 많은 것이 바뀌었지만 학교밖청소년을 바라보는 사회의 시선이 '충분히' 바뀌었냐고 묻는다면 내 대답은 '아니오' 다. 여전히 누군가는 소속 학교를 적어야 하는 서류 앞에서 움츠러들 것이고, 누군가는 청소년증을 내밀며 쭈뼛거려야 할 것이다. 학교밖청소년들은 여전히, 종종 눈치를 보며 살아야 한다. 그리고 여전히, 종종 낯선 누군가에게, 또는 가까운 누군가에게 상처를 받는다.

학교밖청소년에게 상처가 되는 말 중 하나는 '현실적으로'다. 현실적으로, 검정고시 출신을 고용하기는 조금 꺼려진다. 현실적으로 생각해서, 싫어도 꾹 참고 학교 다닌 애들을 두고 너희를 뽑을 이유가 없다. 소중한 조언이라는 듯이, 객관적인 진실이라는 듯이. 학교 밖의 삶이 우리에겐 현실임에도 불구하고 말이다. 그 어떤 차별보다 힘겨운 건 가까운 이들이 무심코 던지는 말들이다. 부모님이나, 명절에 만난 친척의 한마디에 몇 년을 고통스러워하기도 한다.

"부모님이 친척들한테 제 자퇴 사실을 숨겼어요. 학교생활을 물으면 거짓말로 둘러대래요. 들키면 어쩌죠?"

"추석에 오랜만에 만난 큰아빠에게 인생 실패자 되면 어쩌려고 학교를 관뒀냐며 혼났어요. 그동안 제 나이도 제대로 기억 못 하시는 분이었는데."

"엄마가 집안 망신이니 이웃들한테 말하지 말래요. 평일에 외출하면 숨어 다녀야 해요. 죄인이 된 것 같아요."

슬프게도 이 사연들은 드물게 일어나는 특별한 일이 아니라 학교밖청소년들이 겪는 아주 흔한 이야기다. 학교를 떠났다는 이유만으로 죄인인 양 큰 상처를 안고 살아야 하는 사람들의 이야기. 가까운 거리에서 찌른 칼이 더 깊이 파고드는 것처럼, 마음의 상처도 똑같다. 어쩌면 가장 깊은 상처는 길이 아닌 집에서 생기는 것일지도 모른다.

학교를 떠나면 자연스럽게 집에 머무는 시간이 길어질 수밖에 없다. 홈스쿨링의 '홈'은 단순한 집이 아니라, 마음의 안정을 얻는 보금자리가 되어야 한다.

집 안에서만큼은 모든 칼날이 그들을 향하지 않기를 바란다. 마음에 흠이 나지 않도록.

세상일 어떻게 될지 모른다

　나는 이 말을 정말 좋아한다. '세상일 어떻게 될지 모른다.' 인생에는 한계가 없다는 뜻처럼 들려서. 처음 이런 기분을 느꼈던 건 열여덟 살 때였다. 아침에 눈을 떠보니, 친구들로부터 연락이 쏟아져 있었다. 온라인상에서 송혜교를 목격했다고 증명하는 캡쳐 사진들과 함께.

　"네이버 메인 화면에서 너 봤어!"

　'자고 일어나니 유명해져 있었다'까지는 아니지만, 어쨌거나 내 삶에 있어 매우 큰 사건이었던 건 분명하다. 자퇴생이 겪는 차별에 관한 인터뷰 기사가 신문 1면과 포털 사이트 메인 페이지에 실린 것이다. 그 기사에는 3천 개 가까운 댓글이 달렸고, 그중 절반 이상은 악성 댓글이었다.

"성인 되어봐라, 분명히 후회할 날이 올 거다."

"여자라서 생각 없이 자퇴한 거지. 나중에 인생 망하면 그냥 시집가려고."

"지금은 어리니까 부모님이 데리고 살아주는 거지. 몇 년 뒤에 뭐 하고 있나 보자."

"고등학교 졸업장도 못 딴 놈들이 뭘 할 수 있겠냐?"

차가운 시선에 익숙해져 덤덤한 나와 다르게, 친구들은 나를 향한 댓글들에 놀라 울었다고 한다. 한 친구는 몇 시간을 들여 악성 댓글에 하나하나 반대를 눌렀다고 했다.

그로부터 9년이 지났다. 지난 9년 동안 나는 꽤나 열심히 살았다고 자부한다. 덕분에 최연소 전문가 패널로 TV에 출연해 학교밖청소년들의 목소리를 대신할 수 있었고, 학교밖청소년 지원 정책 구축에 일조할 수 있었다.

'세상일 어떻게 될지 모른다!'

가끔 과거의 시간을 되짚다 당시의 악성 댓글들을 마주하면 이 말을 다시 한 번 곱씹게 된다. 어떻게 될지 모를 내 인생이 기대되어서. 몇 년 뒤의 내 인생을 궁금해하던 그들은 과연 어떻게 살고 있을지 궁금해지기도 해서.

무지, 그 참을 수 없는 부끄러움

한동안 수학 학원에서 초등학생 아이들에게 곱셈을 가르쳤었다. 나는 눈에 보이는 직관적인 내용으로 설명해주는 것을 좋아했다. 예를 들면 이런 식이다. 선생님이 사탕을 한 사람에게 3개씩 나눠주는데, 3명에게 줬다면 사탕이 총 몇 개지? 토끼 4마리의 귀는 모두 몇 개일까?라고 묻고 함께 답을 찾는다. 그날도 역시나 아이가 직접 보고 셀 수 있도록 설명하던 참이었다.

"선생님이랑 소연이 다리를 세어보자. 친구가 두 명 더

오면 다리가 총 몇 개야?"

아이는 손가락 여덟 개를 펼쳐 보이다가, 이내 미간을 찌푸리며 말했다.

"그런데 친구 다리가 두 개가 아니면 어떡해요?"

순간 무언가에 세게 얻어맞은 듯 멍해지더니 이윽고 얼굴이 벌겋게 달아올랐다. 이렇게 적절치 않은 예를 들어 설명하다니. 나는 아이에게 얼른 사과했다.

"미안해, 선생님이 잘못 생각했어. 당연히 다리가 두 개가 아닐 수도 있지. 말해줘서 고마워. 그럼 우리 사탕으로 세어볼까?"

토끼에게 귀가 없을 수도 있다. 친구의 다리가 두 개가 아닐 수도 있다. 이 당연한 사실조차 생각하지 못한 내가 부끄러웠다. 혹시나 아이에게 잘못된 편견을 준 것은 아닌가 하는 생각 때문에 그날 밤 잠들기 전 내내 괴로웠다. 차별받지 않기를 원하면서도 누군가를 차별하고 배척해왔던 날들이 부끄럽다 못해 수치스럽다. 세상을 알아간다고 생각했는데, 앞으로도 갈 길이 구만리다.

그 많던 자퇴생은 다 어디로 갔는가

　한때는 유명인이 학교밖청소년 출신이라는 기사를 볼 때마다 묘한 기대감을 가졌다. 자퇴 후 힘든 시간을 이겨내고 결국 명성을 거머쥐었다는 저 사람, 그로 인해 학교밖청소년의 위상과 편견이 조금은 바뀔 수 있지 않을까? 그러나 신기하게도 그 기대감은 그들과 나 사이에 존재하는 묘한 벽 앞에서 사라지고 만다. 그들의 특별한 이야기는 평범한 학교밖청소년들에게 일어날 리 없다는 이야기들과 함께.

　"서태지? 음악 천재잖아."

　"정우성? 엄청 잘생겼잖아!"

　"평범한 너희들과는 달라."

"평범한 사람이 살아남기 위해서는 주류를 따라야 해."

이제 막 학교를 떠난 청소년들은 불안감을 느낀다. 당장 무엇을 어떻게 해야 할지 갈피가 잡히지 않아 앞서간 선배들의 조언이 절실하다. 하지만 선배를 찾는 일부터가 쉽지 않다. 그 많던 자퇴생은 다 어디로 갔기에 눈에 띄지 않는 걸까? '내가 걷는 이 길을 앞서간 사람이 없다', '롤모델을 찾을 수 없다'는 생각에 침울해하는 그들에게 늘 해주는 말이 있다. 앞서간 사람이 없는 것이 아니라, 사회에 아주 잘 적응해 생활하고 있기 때문에 눈에 띄지 않는 거라고.

"면접 중에 갑자기 '고등학교는 왜 자퇴하셨어요?'라고 묻는 거야. 진땀 흘리면서 구구절절 다 얘기하고선 겨우 합격했잖아!"

"학교밖청소년이었다는 사실이 취업에 오히려 도움이 됐던 것 같아. 다양성을 중요시하는 회사였거든."

"나는 자퇴한 건 괜찮았는데, 검정고시를 1년 일찍 본 것 때문에 대입 면접에서 조금 주목을 받았어."

'자퇴생 출신이에요'라는 말을 꺼내기 두려워했던 그 순간들이 언젠가는 모여 앉아 웃어넘기는 추억이 되기도 한다. 그러니 지금 불안해하고 있을 수많은 학교밖청소년들도 이를 알아주었으면 좋겠다.

무소식이 희소식이라는 걸!

세상을 바꾸는 40만 가지 가능성

학교밖청소년들의 처우 개선이 필요함을 이야기했을 때, 내게 손가락질하던 사람들은 이렇게 말했다.

"사회적으로 문제가 있더라도 그 사회에서 최고가 되고 나서 문제점을 지적해야 바뀌는 건데…, 자퇴해 놓고 사회를 지적하면 누가 들어주겠냐?"

"네가 서태지, 보아, 빌 게이츠 같은 천재냐? 그게 아니라면 조용히 해. 괜히 멀쩡한 애들한테 바람 넣지 말고!"

세상을 바꾸기 위해서는 무엇이 필요할까? 검정고시 출신으로서 성공하는 일은 정말 천재성 없이는 불가능한 걸까? 아니, 애초에 성공했다는 기준은 무엇일까?

학교 밖을 겪어본 적 없는 사람만이 학교 밖 세상을 바꿀 수 있다니, 참 아이러니한 말이다. 어쨌거나 이런 쓴소리 덕분에(?) 나는 문제점을 지적하고 실제로 바꾸는 사람이 되었다. 아마 날 비난했던 사람들이 나의 행보를 본다면 이렇게 말할지도 모르겠다.

"극소수의 잘된 케이스일 뿐이야. 운이 좋았지!"

"어쩌면 너도 '천재 부류'에 속하는 거야. 너처럼 하지 못하는 애들이 대부분인데, 자퇴생을 향한 내 편견은 정당한 거야!" 등등….

실제 나는 이런 오해를 많이 받는다. '어릴 적부터 범상치 않았죠?' 그런 말을 들으면 복잡한 마음이 든다. 그래도 내가 못하진 않았나 보다 하는 기쁨 반, 내 노력을 몰라주는 것 같다는 서운함 반.

처음 학교밖청소년 활동을 시작한 건 만 15세. 천재가 아닌 나는 미치도록 노력해야 했다. 누군가 '너 열심히 살았어?'라고 물으면 1초의 망설임도 없이 '네'라고 답할 수 있을 만큼. 아무것도 모르던 어린 내가 살아남기 위해 자발적으로 퍼먹은 눈칫밥으로 만백성을 먹일 수 있다 해도 과언이 아닐 만큼. 모르는 걸 티 내지 않기 위해 닥치는 대로 읽었고, 익혔고, 움직였다. 내 뒤를 따라올 후배들은 나와 같은 길을 걷게 하고 싶지 않아서.

알에서 태어난 신화 속의 인물만이, 사회에서 인정하는 최고의 자리에 오른 사람만이 세상을 바꿀 수 있는 것은 아니다. 물 한 방울도 꾸준히 같은 곳을 향하면 바위를 뚫듯 아무것도 모르던 열다섯 살 청소년의 꾸준함이 학교 밖 세상을 조금씩 바꿔 나가고 있는 것이다.

그러니 잊지 말아야 한다. 학교 밖에는 세상을 바꿀 수 있는 40만 가지의 가능성이 있다는 것을. 작은 가능성도 홀대하지 않고 소중히 여겨야 한다는 것을.

400년 전의 대담한 도전

발길 닿는 곳곳이 고대 건축물과 유적지인 로마는 마치 시간이 멈춘 것 같은 매력적인 도시다. 나는 이곳을 두 차례 여행했는데, 첫 번째 여행이 유명 관광지 돌기에 급급했다면, 두 번째 여행에서는 조금 더 여유롭게 로마를 즐길 수 있었다. 지도를 보지 않고 무작정 걷다가 문득 눈에 띄는 건물이 있으면 들러보기도 했다.

그날도 점심을 먹기 위해 걸어가다, 누군가 웅장한 건물로 쏙 들어가는 것을 발견했다. 지도를 찾아보니 산티냐시

오 성당으로 현지인들이 주로 찾는 곳이었다. 누구나 입장이 가능하다는 말에 별 생각 없이 선뜻 들어섰는데 놀랍게도 화려한 천장화가 쏟아지듯이 펼쳐졌다. 고개를 들지 않고도 천장화를 감상할 수 있도록 하늘을 향해 거울이 놓여 있었고, 이를 바라보는 사람들은 그 화려함에 넋을 잃은 듯했다.

그런데 이상하게도 화려한 천장화와 다르게 돔 부분이 어둡게 가려져 있었다. 보통 성당의 돔은 창으로 새어 들어오는 빛이나 조명으로 밝혀져 있는데, 돔이 있는 줄도 모르게 어둑어둑한 천장이 낯설었다. 그때 누군가 벤치 옆에 놓인 기계에 동전을 넣었고, 돔에는 환하게 빛이 들어왔다. 그래, 이게 바로 자본주의 속의 신앙이라 이거지. 나무로 지어진 듯한 돔은 화려한 천장화와는 다르게 은은한 매력을 뿜어내고 있었다. 나는 벤치에 앉아 한참 동안 그 모습을 바라보았다.

5분 남짓 지났을 무렵, 나는 마치 뒤통수를 맞은 듯한 놀라운 사실 하나를 깨닫게 되었다. 이 성당에는 돔이 없다! 400년 전, 예수회는 이 성당을 처음 세우며 자금난에 시달렸다고 한다. 특히 돔을 짓는 건 뛰어난 기술과 자본이 필요한, 쉽지 않은 일이었다고. 그래서 진짜 돔을 세우는 대신, 꼼꼼하게 계산해 돔처럼 보이는 착시화를 그린 것이다. 돔이 있는 '척'하는 성당이라니, 400년 전임을 감안했을 때

굉장히 도전적인 시도였을 것이다.

신도들이 미사를 드릴 때 앉는 벤치에서는 의심할 여지 없이 정확히 돔으로 보인다. 벤치를 벗어나 제단에 가까이 갔을 때 비로소 평면에 그려진 정교한 그림이라는 사실을 확인할 수 있었다. 그 대담함에 감탄하면서도 미소가 지어졌다.

소설가 마르셀 프루스트는 '진정한 여행은 새로운 풍경을 보는 것이 아니라 새로운 시야를 갖는 것'이라고 말했다. 내가 로마를 여행하며 배운 가장 값진 교훈은 돔을 지을 돈이 없으면 그리면 된다는 것이다.

내가 지닌 조건이 부족해도, 때로는 불가능한 도전처럼 보이더라도, 그냥 일단 하면 된다.

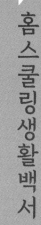

홈 스 쿨 링 생 활 백 서

착한 사람이 가장 강한 사람

'과거에는 개인의 선함과 악함을 구분하기 쉬웠지만, 현대 사회는 너무나 복잡해져서 선하게 살기 쉽지 않다.' 사후 세계를 다룬 넷플릭스 드라마 〈굿플레이스〉에 나오는 내용이다. 맞는 말이다. 못되게 사는 건 너무 쉬운 일이다. 예를 들어, 내가 마신 커피 한 잔이 아프리카와 중남미의 노동 착취에서 시작되었을 수 있는 것처럼 의도하지 않아도 세상에 나쁜 영향을 미칠 방법은 무궁무진하다. 반면 선함을 유지하기란 여간 어려운 일이 아니다. 나 하나 먹고살기도 바쁜데 선뜻 기부나 후원을 하기란 쉽지 않고, 유기견 보호소나 보육원 봉사는 엄두조차 나지 않으니 말이다.

그럼에도 불구하고 나는 착하게 살고자 한다. 이유는 단하나. 못되게 살기가 제일 쉬운 이 세상에서 착한 사람이 가장 강한 사람이라고 생각하기 때문이다. 비록 내가 대단한 사람은 아닐지라도 보호할 수 있는, 보호해야 하는 존재는 너무나 많다. 누군가를 보호할 수 있는 힘은 선함에서 나오며, 그 선함을 유지하기 위해서는 강인함이 필요하다. 나에게 다가오는 수많은 불안함을 이겨내는 강인함.

내가 비영리 단체 활동을 이어가고 있을 때 친구들은 대기업에 입사했고, 국가 고시에 합격했고, 적금 만기에 대출을 받아 월세에서 전세로 옮겼다는 소식을 전했다. 그에 반해 나는 취업 시장에서 누구보다 먼저 서류에서 탈락할 사람인 것 같았고, 주택 청약 통장에 월 2만 원을 겨우 넣고 있었다. 이처럼 수시로 마주하는 현실적인 불안함 앞에서도 흔들리지 않고, 강해지기 위해 부단히 노력해야 했다.

많은 사람이 팍팍한 일상 속에서도 선함을 지니고 살아간다. 사회면에 등장하는 범인들에게 분노하고, 약한 동물들에게 마음을 내어주며, 길에서 인사를 건네는 아이에게 어색하게 웃어주면서. 하지만 대부분 이 같은 선함의 소중함을 모른 채 살아간다는 사실이 못내 아쉬웠다.

유기견 공고가 널리 퍼졌으면 하는 마음에 '좋아요'를 누르고, 댓글을 달기만 하면 100원이 기부된다는 캠페인에 참여하는 모래알 같은 이타성이 모여 세상은 한 걸음 더 선하게 바뀐다. 이 사실을 알리기 위해, 나는 오늘도 선하게 살겠다고 다짐해본다.

아빠 같은 사람

어릴 적 내 꿈은 아빠 같은 사람과 결혼하는 거였다. 아빠는 세상에서 제일 재미있고, 다정하고, 멋진 사람이니까. 하지만 이모는 아빠 같은 사람 찾다 평생 결혼 못 할 거라는 조언을 했다.

어린 시절을 돌이켜보면 아빠는 늘 바쁜 모습이었다. 수학 선생님인 아빠는 주말도 연휴도 없이 늘 일해야 했고, 그나마 남는 시간에도 집에 돌아와 수학 문제를 풀며 강의를 준비하느라 바빴다. 여기서 놀라운 사실은 나는 아빠의 부재나 바쁨을 실감하지 못했다는 것이다. 아빠와 놀고 싶다고 우는 소리를 내며 방문 앞에 늘어지면, 아빠는 나를 번쩍 들어올려 목마를 태운 상태로 일했다. 그렇게 아빠는 언제나 친구 같은 존재였다.

학교밖청소년을 위한 플랫폼을 만들고 싶다는 마음이

생겼을 때, 가장 먼저 털어놓은 사람도 아빠였다. 퇴근한 아빠와 함께 모닥불을 피운 채 그 앞에 앉아 내 계획을 설명했고, 아빠는 웃으며 말했다.

"오, 멋진데? 한번 해봐!"

아마 내가 하버드대학교에 입학하겠다고 말해도 아빠는 같은 말을 해줬을 것이다. 아빠는 언제나, 영원히 내 편이니까. 아빠만큼 사랑이 넘치는 사람이 또 있을까. 아빠는 몸속 어딘가 마르지 않는 사랑의 샘이라도 솟는 건가 싶을 정도로 세상의 모든 존재를 사랑하고, 남의 일에도 내 일처럼 나서는 그런 사람이다.

한결같은 아빠를 보며 이제 나는 꿈의 방향을 조금 바꾸어 살아간다. 아빠 같은 사람과 결혼하는 것 말고, 아빠 같은 사람이 되는 것으로.

자퇴해도 좋을 사람?

"어떤 성향의 사람이 자퇴해도 좋은 사람일까요?"

나를 당황스럽게 하는 질문이다. 굳이 이 질문에 답을 하자면 학교 안에서 성실히 잘 생활해 온 사람이 대체로 학교 밖에서도 잘한다라고 말할 것이다. 교문 밖으로 나갔더니 갑자기 마법처럼 성향이 바뀌는 일은 일어나지 않기 때문이다.

'자퇴해도 좋을 사람' 같은 건 애초에 없지만, 자퇴 후에 도움이 될 성향들은 분명히 있다.

첫째로, 강한 의지가 득이 되는 경우가 많다. 나는 원체 악바리라는 이야기를 듣곤 했다. 누가 감시하지 않아도 알아서 하는, 죽어도 안 풀리는 문제를 어떻게든 풀어내려는 그런 노력이 나에게 많은 도움이 됐다. 그래서 난 '자퇴하고 편하게 사는 사람들'이라는 모종의 편견에 늘 의문을 품고 있다. 아무런 압박도 스케줄도 없는 백지 상태에서 스스로 계획하고 통제하며 미래를 가꿔 나가는 건 매우 힘겨운 일이니 말이다.

둘째로, '깡'이 있으면 좋다. 학교 밖에서는 아무도 정보를 떠먹여주지 않는다. 따라서 원하는 곳에 다짜고짜 전화를 하거나 찾아가 문의할 수 있는 정도의 깡이 필요하다. 학교를 떠난 뒤, 내가 가장 많이 했던 질문 중 하나는 '자퇴생인데 가능해요?'였다. 아르바이트를 구하거나, 대외활동에 참여할 때마다 반드시 확인해야 했기 때문이다.

셋째로, 어느 정도의 친화력이 필요하다. 학교를 떠나면 소속이 사라진다. 그런데 안타깝게도 사람을 가장 쉽게 뭉치는 재료는 소속이다. 따라서 소속이 없는 사람이 무리에서 잘 융화되기 위해서는 약간의 친화력이 필요하다. 혼자 있는 게 편하다고 해서 마냥 집 안에 머물면 세상이 어떻게 돌아가는지 알기 힘들 수밖에 없다. 물론, 가끔 이렇게 묻는 청소년도 있다. '저는 그냥 계속 혼자 있고 싶은데 굳이 친구를 사귀어야 해요?' 영화 <김씨 표류기>처럼 평생 혼자 집 안에서 먹고 살 수 있다면 그렇게 해도 되지만, 언젠가 직업을 가질 생각이라면 추천하지 않는다.

마지막으로, 비판과 비난을 구분할 수 있는 판단력은 필수다. 학교밖청소년이라는 이유만으로 쏟아질 사회적 비난이 무의미한 문장이라는 걸 깨닫고, 흘려보낼 수 있어야 하기 때문이다.

　정리하자면 학교밖청소년으로서 유연하게 살아남기 위해서는 적당량의 용기와 성실함, 의지, 친화력, 단단한 마음가짐 등이 필요하다 하겠다. '뭐 이렇게 필요한 게 많아, 이런 걸 다 가진 청소년이 어딨어.'라는 생각이 든다면 그 생각이 맞다. 우리 주변의 학교밖청소년들은 자퇴해도 좋을 성향을 모두 갖춘 이들이 아니라, 이런 부족함을 조금씩 메워가며 각자의 세상을 완성해 나가고 있는 것이다.

홈스쿨링 언제부터 해도 될까요?

"아직 초등학생인데, 홈스쿨링 시작해도 괜찮을까요?"

학부모들로부터 이런 질문을 받을 때마다 난감한 마음을 숨기기 힘들다. 개인적으로 초등 단계의 홈스쿨링을 적극적으로 권하지 않기 때문이다.

물론 절대적인 나이는 그리 중요하지 않다. 여기서 중요한 부분은 아이의 학년이 아니라 개개인의 성향과 성장 상태라고 생각한다. 주체적으로 무엇을 배우고 싶은지 찾고,

어떻게 배울 것인지를 스스로 직접 고민하는 과정이 필요한데, 이는 대체로 초등학생에게 요구하기 어려운 내용이다. 때문에 어린 나이에 시작하는 홈스쿨링을 권하지 않는 것이다.

내가 생각하는 '홈스쿨링을 시작하기 적합한 연령'은 본인 스스로의 생각과 의지로 학교를 그만두겠다고 결정할 수 있는 나이다. 또한, 그 선택에 따르는 책임이 크다는 것을 알아차릴 수 있는 나이여야 한다. 이때 보호자의 역할은 아이에게 홈스쿨링이 하나의 선택지임을 알려주는 것만으로도 충분하다고 생각한다.

하지만 초등 단계의 홈스쿨링이 필요한 상황이라면 그 홈스쿨링의 핸들은 100% 보호자에게 쥐어진 셈이다. 따라서 보호자의 현 상황을 충분히 돌아봐야 한다.

□ 보호자가 아이와 충분한 시간을 함께 보낼 수 있는가?
□ 아이가 배우고 싶은 것이 생긴다면 충분히 지원할 만큼의 경제적 여건이 갖춰졌는가?
□ 보호자는 아이가 가지게 될 학업적 궁금증에 충분히 답해줄 수 있는가?

홈스쿨링을 하는 학생들까지 주정부에서 책임지는 미국이라면 이야기가 달라지겠지만, 홈스쿨링이 합법화되지 않아 구체적인 체계와 지원이 없는 우리나라에서는 보호자의 역량이 너무나 중요하기 때문이다.

그렇다고 홈스쿨링을 부모가 학교 대신 모든 것을 해주는 과정으로 생각해서는 안 된다. 학교라는 시스템은 모든 아이들을 포용하기 힘들지만, 보호자 개인의 역량이 시스템을 뛰어넘는 것도 그에 못지않게 힘들다. 학교에서 배우던 교과 과정을 보호자가 직접 가르칠 수 있을 것 같다는 이유로 홈스쿨링을 시작해선 안 되는 이유이기도 하다.

홈스쿨링의 주체는 본인이 되어야 한다는 점을 본인과 보호자 모두가 반드시 알아야 한다. 학교 밖이 모든 문제의 대안이 아니라는 것 또한 간과하지 말아야 할 것이다.

우리가 바꾼 겨우 요만큼의 세상

나는 지금까지 꽤 많은 청소년들에게 다양한 고민 상담을 해주었다. '자퇴하고 싶은데 해도 될까요?', '자퇴했는데 막막해요.' 등등.

사실 내가 해줄 수 있는 건 그리 많지 않다. 정답이 있는 것이 아니니까. 그 막막함을 들어주고, 섣불리 판단하지 않을 수 있도록 돌아보게 해주고, 용기를 준다. 소박하고 간단한 대화지만, 그 따뜻한 말 한마디 해줄 사람이 없어 나에게까지 찾아오는 청소년들의 수는 제법 많다. 그중 오랫동안 기억에 남는 친구가 있다.

초·중학교 내내 운동을 하다가 사정이 생겨 그만두게 되었고, 고등학교 1학년에 자퇴를 선택했다는 친구였다. 그는 잘 알지 못하는 나에게 메시지를 보내 진지한 인생 고민을 털어놓았다.

'저는 3개월 전에 자퇴해서 처음으로 공부를 시작했어요. 그런데 수능 모의고사는 읽어봐도 무슨 말인지 하나도 모르겠고, 부모님은 저더러 그냥 공부 접으래요. 저 이제 어떡하죠?'

겨우 열일곱 살인데, 공부를 접으라고? 제대로 해보지도 못하고 포기하는 것만은 꼭 막고 싶었다.

'아직 가능성이 무궁무진해요. 부모님께서도 정말로 공부를 그만두길 바라신 게 아니라 많이 걱정되고 막막해서 그렇게 말씀하신 걸 거예요. 비교적 난이도가 쉬운 검정고시부터 시작해보면 어떨까요?'

나는 내가 어떻게 공부했는지, 실제로 수험생들이 얼마나 치열하게 공부하는지, 어떻게 하면 차근차근 공부하는 습관을 쌓을 수 있는지에 대한 소소한 이야기도 들려주었다. 사실 비슷한 연락이 오는 경우가 잦았던 터라 답장하는 일이 그리 어렵지도 않았다. 어쩌면 습관적으로 답변했을지도 모르겠다. 바쁜 일상 속에서 이 일은 금세 잊혀졌고,

그로부터 대략 2년여가 흐른 어느 날이었다. 그에게서 사진 한 장이 도착했다. 모의고사 성적표였다. 국어, 수학, 영어, 과학 탐구 모든 과목에 1등급이 찍혀 있었다.

'안녕하세요. 지난 2년 동안 말씀하신 대로 매일 12시간씩 공부했어요. 그때 선생님이 그렇게 말씀해주시지 않았더라면 제 인생은 아직도 많이 힘들었을 것 같아요. 감사합니다.'

머리를 한 대 맞은 기분이었다. 밀려드는 여러 감정을 추스르고 열심히 답장을 써내려갔다. 나는 이런 조언을 수십 명에게 해줬고, 당신처럼 실천하고 성취하는 사람은 정말 드물다고, 잊지 않고 연락해주어서 정말 고맙다고. 얼마 뒤, 그는 모 대학의 의예과에 합격했다는 소식을 전해주었다. 그날, 내가 그에게 준 것은 무엇이었을까? 그 어떤 말이 그의 인생을 바꾼 것일까? 내가 내민 손이 이렇게 값진 것이었다니…. 이 일은 아마 오래도록 기억에 남을 것이다.

간혹 주변 사람들이 묻곤 한다. 이 일로 돈을 버는 것도 아니면서, 오랫동안 열심히 일할 수 있는 원동력이 뭐냐고. 나는 이렇게 답하고 싶다.

내가 바꿔 놓은 겨우 요만큼의 세상이, 누군가에게는 전부일 수 있으니까.

얼굴 보고 이야기하자고 말하는 순간

친구들의 SNS를 둘러보다 문득, 언제부턴가 내 이야기를 공개하지 않고 있다는 걸 깨달았다. 내 주변인들은 어떤 이슈에 대한 견해라든지, 오늘의 감정 같은 것들을 유려하게 기록하며 계정을 채우는데, 내 계정은 몇 가지 짧고 소소한 일상과 업무 기록이 전부다.

학생 때는 카카오스토리나 페이스북에 친구들을 태그하며 온갖 글을 올리곤 했는데, 아무래도 학교밖청소년 단체를 꾸리면서 SNS 운영하는 일을 오래 하다 보니 SNS를 사적인 방향으로 사용하는 일이 조심스러워졌다. 온라인 세상이 엄청나게 활성화된 지금 내 디지털 자아는 오히려 퇴화한듯 하다.

반면 SNS로 일하는 것에는 도가 텄다. 〈홈스쿨링생활백서〉를 운영하면서 온갖 채널을 섭렵했고, 카드 뉴스 제작이나 텍스트 구성도 능숙해졌다. 이런 경력을 기반으로 SNS 마케팅 강의를 다니기도 한다. 주로 청소년을 마주하는 실무자들을 대상으로 하는데, SNS가 얼마나 중요한 소통 채널인지에 대해 4시간 동안 열변을 토한다. 얼마 전, 강의를 하다가 흥미로운 이야기를 들었다.

"저는 고등학교 교사인데, 교사들 사이에서 이런 이야기가 우스갯소리로 돌아요. 아이들에게 뭔가 문제가 있어서 카톡을 주고받을 때, '너 학교로 나와, 얼굴 보고 이야기하자.'라고 말하는 순간 그 아이와의 관계는 끝이라고요."

중장년층 교사들에게는 온라인상의 소통이 너무 어려운 일이라는 말이다. SNS상의 대화에 만족하지 못하고 현실로 그 아이를 끌어오려는 순간 마음의 문은 쾅 닫히고 만다는 이야기를 들으니 웃펐다. 온라인상의 소통이 어려운 교사와 오프라인상의 소통이 어려운 아이, 두 입장이 모두 공감되었기 때문이다.

나이로 따지자면 나는 분명 Z세대다. 대면보다 전화가

편하고, 전화보다 채팅이 편한 그런 사람. 그러나 한편으로 열일곱 살부터 어른들과 일하며 X세대의 업무 방식을 고스란히 흡수한 사람이기도 하다. 그러니 편하게 카톡하고 싶은 그 청소년의 마음과, 얼른 얼굴 보며 속 깊은 이야기를 나누고픈 선생님의 마음이 고스란히 이해되었다.

한편, 이런 일화도 기억에 남는다. 초등학생에게 "너 낯가리는 편이니?"라고 물었더니 "여기 있는 저요? 아니면 핸드폰 할 때의 저요?"라고 답했다는 이야기. 교사 앞에 앉은 아이와 유튜브 계정 속의 아이, 게임 속의 아이는 엄연히 다른 사람인 것이다. 그런 이해로부터 디지털 세대와 소통을 시작해야 한다.

선생님의 입장에서 SNS로만 소통하는 세대의 등장은 변화지만, 청소년의 입장에서 모든 이야기를 대면해서 하고자 하는 세대는 (조금 과장하자면) 역사 속의 인물처럼 느껴질 터. 헤어짐의 기본 인사가 "카톡해~"인 요즘 사람들에게 모든 이야기를 만나서 하자고만 한다면 그것 또한 불통의 시작점이 될 여지가 많다. 이런 면에서 청소년과 소통하는 직업은 참 쉽지 않다. 어쩌면 청소년들은 어른들이 생각하는 것보다 서너 발짝 혹은 수십 발짝은 더 빠르게 흘러가는지도 모른다. 그들을 이해하고 소통하려면 그들의 방식을 존중해야 한다. 나 또한 너무 뒤처지지 않도록 조금 더 뛰어봐야겠다.

학창 시절이라는 단어 없이도

　미국의 시인 매클리시(MacLeish, Archibald 1892~1982)는 우리 모두를 '지구의 승객'이라고 비유했다. 승차하는 사람이 있다면 하차하는 사람도 있듯, 우리는 학교에 잠시 머물 뿐이다. 학생이라는 정체성은 삶에서 잠시 주어질 뿐, 몇 년이 지나면 이내 과거형이 된다.

　그런데도 학교는 우리에게 늘 당연한 존재로 다가온다. 졸업한 지 30년 넘은 초등학교 동창회에 가는 사람을 아무도 이상하게 보지 않고, 직장인이 되어도 고등학생 때 이야기를 하면 마치 어제 일인 것처럼 선명하게 웃는다. 아마 성장기에 겪는 일들이 꽤 오랫동안 인생에 영향을 주기 때문이리라.

'학창 시절'의 정의는 학교를 다니며 공부를 하는 시기나 때를 말한다. 신기하게도 다소 딱딱한 의미와는 다르게, 단어 그 자체만으로 많은 이에게 향수를 불러일으킨다. 나는 학교를 떠난 순간부터 학생이라는 신분을 잃었으니, 초등학교 6년과 중학교 1년을 합해 겨우 7년 남짓의 학창 시절을 보낸 셈이다. 초등학교 입학부터 고등학교 졸업까지 12년이 걸리니, 내가 보낸 학창 시절은 보편적인 과정의 절반밖에 되지 않는다. 이런 나를 보고 '학창 시절의 추억이 많지 않아 안타깝겠다'라며 걱정해주는 사람들이 많다. 아무리 학교 밖에서 행복한 시간을 보냈다 한들, 그 시절에만 느낄 수 있는 즐거움을 누리지는 못했다는 이유에서다.

물론 학교에 남아 있었다면, 나름의 즐거움을 찾아냈을 거다. 친구들과 나란히 걷는 하굣길, 비오는 날 묘하게 가라앉은 교실 풍경 등. 그러나 학교 안에서 주어진 일과를 수행하며 얻었던 소소한 즐거움은 내가 학교 밖으로 나와 마음껏 삶을 개척하며 얻은 즐거움에 비할 수 없다. 추억이란 학교 안에서만 쌓을 수 있는 것이 아니니까. 하지만 학교에서만 쌓을 수 있는 추억이 있다는 사실 또한 부정할 수 없다. 그중 하나가 바로 졸업식이다.

졸업식에 대한 추억의 부재를 메우기 위해 나는 학교밖 청소년들에게 '끝내주는 추억'을 선물하고 싶었다. 그냥저냥 괜찮았던 기억 말고 두고두고 돌이켜 보며 행복해질 수 있는 그런 추억을. 이런 생각으로 '학교 없는 졸업식' 행사를 기획했다.

성대한 강당을 빌렸고, 자리를 빛내줄 선배들을 초청했고, 졸업장에 들어갈 문구 하나까지 오래 고심해서 썼다. 졸업 후 집 안 어딘가에 박혀 먼지 쌓일 그런 졸업장보다 진심어린 축하가 담긴 졸업장이 되길 바라며….

그렇게 몇 날 며칠을 고심해서 축사를 완성할 수 있었다.

'학창 시절'이라는 단어 없이도
서로를 마음껏 축하해줄 수 있던 오늘을 기억하며,
많은 좌절을 이겨내길 바랍니다.
여러분의 이름은 학교가 아닌 세상에 남아
반짝이게 될 것입니다.

　　　　　　　　- 제 1회 학교 없는 졸업식, 졸업장 中

학
교

없
는

졸
업
식

가끔 불가능하다고 생각하는 일이 이루어지기도 한다. 2018년 11월 <홈스쿨링생활백서>에도 그런 일이 벌어졌다. 모든 시작은 조희연 서울시 교육감에게 전달한 초청장에서 비롯되었다. '학교 없는 졸업식'을 준비하면서, 우리는 수많은 사람들에게 초청장을 보냈다. 학교밖청소년 출신 구의원, 연예인, 유튜버 등 모두가 후배들을 응원해주길 바라면서.

그중 가장 고민했던 건 '누가 졸업장을 수여할 것인가'였다. 학교 밖에는 교장 선생님이 없는 만큼, 청소년들에게 의미 있게 다가올 인물을 초청하고 싶었다. 수소문 끝에, 겨우겨우 조희연 교육감에게 초청장을 보냈다. 우리가 누구인지, 어떤 행사인지, 왜 이 자리에 모시고 싶은지를 담은 소박한 내용이었다.

"우리가 누구인지도 모를 텐데…, 와주실까요?"

물론 팀원들의 우려처럼 큰 기대는 없었다. 답장이라도 받을 수 있다면 성공이라는 생각으로 부딪혀볼 뿐이었다.

며칠 뒤, 여느 때처럼 책상에 앉아 홀로 일을 하던 중 모르는 번호로 전화가 왔다. 다름 아닌 서울시교육청이었다. 뒤늦게 알게 된 사실이지만, 우리가 보낸 초청장을 받은 조 교육감은 묻지도 따지지도 않고 '참석'을 외쳤고 함께 있던 교육청 직원 모두가 놀랐다고 한다. 학교 없는 졸업식 당일, 조 교육감은 120명의 학교밖청소년에게 직접 졸업장을 건네고, 모든 참가자와 사진을 찍어주었다. 심지어 청소년들을 축하하기 위한 장미꽃 120송이까지 함께. 학교밖청소년을 향한 진심이 담기지 않았다면 불가능한 일이었다. 학교를 떠나는 순간 교육청 소관이 아니라는 벽 앞에 늘 좌절해야 했던 학교밖청소년으로서, 가슴 뭉클한 장면이었다.

가장 먼저 단상에 오른 우리의 첫 번째 졸업생은 졸업장을 받으며 눈물을 흘렸다. 자퇴를 결정하면서부터 졸업을 축하받는 건 포기했었는데, 이런 날이 올 줄은 몰랐다고 말했다. 그 미소를 보니 행사를 준비하며 밤 지새우던 날들의 피곤함이 녹아내렸다. 행사를 마친 후 SNS에 올라온 한 후기가 나를 웃음 짓게 했다.

'학교 다니는 친구들은 교장 선생님한테 졸업장 받는데,
난 교육감님한테 받았지롱!'

그날을 생각하면 여전히 몇 얼굴이 생생히 떠오른다. 우리의 작은 목소리에 귀를 기울여준 '진짜' 어른들, 그리고 무모하리만치 도전적인 열정으로 행사를 완성해낸 사랑스럽고 자랑스러운 <홈스쿨링생활백서> 팀원들. 그 모든 힘이 모여 선물 같은 하루가 완성되었다는 꿈같은 사실까지.

모든 게 뜻대로 되진 않겠지만

방송가에 떠도는 우스갯소리가 하나 있다고 한다. 방송국 놈은 믿지 말라는 것. 그 말이 조금 이해되는 경험을 한 적이 있다. 몇 년 전, 한 방송사 뉴스팀의 인터뷰 제의를 받았다. 인터뷰의 주제는 '학교밖청소년을 향한 차별'이었다. 인터뷰는 1시간 남짓 진행되었고, 나는 국내 학교밖청소년 차별 현황과 대안 등 자세한 이야기를 털어놓았다. 몇 주 뒤 기자로부터 전화가 왔다.

"오늘 뉴스에 나올 거예요. 아마 10분에서 20분쯤에 방영될 것 같아요."

그날 뉴스에서 흘러나온 내 목소리는 단 한마디였다.
"아무리 검정고시 만점을 받아도 내신 1등급으로는 절대 환산이 안 되고…."

마치 검정고시 만점을 내신 1등급으로 환산해달라고 우기는 듯한 말 한 토막. 그게 전부였다. 1시간 넘는 인터뷰 중 짧게 편집한 10초 정도의 구간으로, 나는 수많은 댓글을 통해 '말도 안 되는 소리 한다'며 뭇매를 맞아야 했다.

물론, 그 문장은 내가 전하고자 한 내용과는 거리가 매우 멀었다. 잘려나간 말의 앞뒤는 이러했다. 현재 한국의 검정고시 체계는 학력 취득에 초점을 두고 있는 탓에 학습 능력에 관한 변별력이 부족하다. 따라서 만점을 받는다 해도 1등급으로 환산이 되지 않는 것은 물론, 대학마다 환산 기준이 달라 어려움을 겪는 청소년들이 많다. 검정고시 응시생 전원에게 무조건 낮은 등급을 부여하는 것보다는 추가 시험 등 더 다양한 방법을 도입해서 학교 안과 밖의 청소년 모두에게 공정한 기회를 제공해야 한다.

놀랍게도 앞뒤가 잘리니 왜 1등급을 주지 않냐고 따지는 듯한 문장으로 바뀌어 있었다. 뒤통수를 세게 맞은 듯했다. 학교밖청소년의 처우 개선을 위해 열변을 토했건만, 결국 이런 말이 필요해서 인터뷰를 요청한 건가?

무언가 잘못되었다. 억울했다. 학교밖청소년 단체의 대

표로서 학교밖청소년을 위해 인터뷰한 것인데, 오히려 또 다른 힐난을 불러온 것 같아 마음이 무거웠다. 그러나 이미 수십만 명이 시청한 뉴스를 바로잡을 방법은 없었다. 다만 이를 계기로, 인터뷰 제안이 들어올 때마다 기자가 추구하는 기사의 방향성을 꼼꼼히 묻는 습관을 들였다.

학교를 다닐 때는 학생이라는 이름으로 보호받을 일이 많았다. 하지만 교문 밖에서 마주한 세상은 '모든 사람을 믿어선 안 된다'는 사실을 끊임없이 깨우쳐준다. 그 사실을 깨달을 때마다 나는 소중한 사람들을 바라보며 되뇐다.

그래도 나의, 우리의 정처 없는 학교 밖 삶이 계속되길. 모든 게 뜻대로 되진 않겠지만.

편하게 하지 마세요

학교를 다니면서 가장 이해할 수 없었던 건 나이에 따라 서열이 매겨지는 거였다. 내가 다니던 중학교는 학년별로 명찰 색이 달라 모두가 서로의 나이와 이름을 알 수 있었는데, 한 살만 많아도 깍듯하게 존대를 해야 하고, 한 살만 어려도 자연스럽게 반말을 사용했다. 한 살 많은 선배에게 인사하지 않았다는 이유로 혼나는 일이 당연하게 받아들여지는 암묵적 규칙 속에서 나는 나이라는 서열을 익혔다.

나이와 상관없이 모두와 친구가 될 수 있다는 사실을 깨우친 건 학교를 떠난 이후였다. 명찰 없이 내가 원하는 방식으로 나를 소개하고 심지어 나이를 모르는 채로 친해질 수 있다니, 정말 멋진 일이었다. 반대로 낯선 관계 속에서 나이를 서열 삼으려는 건 정말 부끄러운 행동이라는 것도 잘 알게 되었다.

"말 편하게 해도 되지?"

동의 없는 이 통보는 내가 가장 싫어하는 말 중 하나다. 나이 많은 사람이 이렇게 물었을 때 '아니오, 안 됩니다.'라고 답할 수 있는 사람이 과연 몇이나 될까? 청소년 활동을 하며, 나이가 어리다는 이유로 청소년에게 무작정 반말하는 어른들을 심심찮게 만나왔다. 심지어 활동가로서 함께 일하러 온 청소년들도 예외는 아니었다. 동료로서 업무에 참여하는 사람을 나이가 어리다는 이유만으로 무작정 하대하는 무례를 서슴지 않았다.

그래서일까, 단체를 꾸리면서 가장 먼저 세운 규칙은 '서로를 존중할 것'이었다. 〈홈스쿨링생활백서〉에는 10대부터 30대까지, 다양한 연령의 팀원들이 함께하고 있다. 그러나 우리는 나이에 상관없이 모두 서로를 '쌤'이라고 부르며 존대한다. 열여섯 살이든, 스물여섯 살이든, 서른여섯 살이든 중요하지 않다. 나이보다 중요한 것은 우리가 지향하는 바를 위해 함께 고민하고 노력하고 연대하는 동료이자 친구라는 것이니까.

한번은 강남역에서 한 선배와 밥을 먹었다. 연배는 우리 부모님보다 한참 위였지만, 어쨌거나 검정고시 출신이니 내겐 선배인 셈이다. 그는 한 대학의 교수였고, 자신이 〈홈스쿨링생활백서〉를 도와줄 일이 있을지도 모르니 밥이나 한번 먹자고 제안했다. 그 선배와 마주 앉게 된 곳은 파스타집이었다. 주변에 앉은 사람들은 대부분 젊은 커플이었지만, 취향이 젊은 교수님이려니 하고 대수롭지 않게 여겼다.

그는 본인 제자들 이야기부터 꺼냈다. 방송국에서 일하는 사람, 해외 명문 대학원에 진학한 사람 등. 그리고 내 처지를 안타까워했다.

"송 대표는 능력이 충분한데, 조금만 더 서포트 받으면 좋을 것 같아. 내 제자처럼 아나운서 같은 거 해봐도 좋을 것 같고."

그러더니 갑작스럽게 손을 뻗어 내 파스타 그릇에 숟가락을 푹 담갔다. 그리고는 마치 친한 친구나 연인처럼 내 파스타를 함부로 뒤적거려 떠먹으며 말을 이어 나갔다. 본인은 아주 자연스럽게 행동했지만 나는 불쾌감을 느끼고 있었다.

"배우고 싶은 거 배울 수 있게 유학 보내줄게. 학비도 대주고."

정말 내 능력을 보고 꺼낸 제안이었다면, 공식적인 절차를 통해 장학금을 수여하거나 <홈스쿨링생활백서>에 후원할 방법은 많았다. 그 미심쩍은 제안에 나는 단칼에 선을 그었다. 그는 단호한 내 태도에 멈칫하더니 변명하듯 말을 이어갔다.

"내가 결혼을 안 했어. 결혼해서 딸을 낳았다면 딱 송 대표 나이였겠지. 부담 갖지 말고, 딸 같아서 그래. 대신 나랑 오늘처럼 자주 만나주면 좋겠는데. 이런 데서 밥도 같이 먹고."

그 순간 머리가 핑 돌았다. 이 말도 안 되는 상황을 파악하고자 빠르게 머리를 굴려봤지만, 결론은 하나였다. 그는 대답을 기다리며 연거푸 내 앞에 놓인 해산물 파스타에 숟가락을 담가 떠먹고 있었다. 그 이후로는 어떤 대화가 오갔는지 전혀 기억이 나지 않는다. 다급하게 인사하며 자리를 마무리 지었고, 잔뜩 화가 난 상태로 지하철에 탔다.

그날 밤, 문자가 도착했다. 제안을 생각해봤냐는 내용이었다. 나는 진저리를 치며 번호를 차단했다. 당장 전화를 걸어 제정신이냐며 쏘아붙일 수 없는 나의 처지가 씁쓸했다. 그는 돈 많고, 힘 있고, 나이 많은, 존경받는 교수였고, 나는 그중 아무것도 가지지 못한 스물한 살이었다.

몇 년이 흘렀지만 불쾌한 기억은 쉽게 증발되지 않는다. 이런 일을 겪은 사람이 비단 나 하나만이 아님을 잘 알기에, 사회적 약자에게 향하는 불쾌하고 메스꺼운 일들을 막기 위해 행동하는 사람이 되고 싶다는 꿈을 늘 베개 밑에 두고 잔다.

나
이
와
직
위
사
이

　열아홉 살에 학교밖청소년 단체인 <홈스쿨링생활백서>를 만들고 스무 살, 본격적으로 단체를 알리기 위해 뛰어다녔다. 스무 살 대표, 사회는 나를 어떻게 보았을까?

　한번은 함께 일하던 사람에게 폭언을 들은 적이 있었다. 그는 '이 사람아', '저 사람아' 하면서 고래고래 소리를 질러댔다. 맞서 따지기에는 부모님뻘의 어른인 데다가, 상황 파악도 제대로 하지 않고 화부터 내는 사람에게 대응하는 게 가치가 있을까 하는 생각에 나는 입을 꾹 닫았다. 며칠 뒤 그는 이야기를 잘못 전해 들은 탓에 오해했다며 사과했다. 폭언도 사과도 내 의지와 상관없이 받아들여야 했다. 당시의 나처럼 사회 초년생에게는 사과를 받을 것인지 거절할 것인지, 그 선택권이 주어지지 않는다. 오해를 받은 상황보다 그 사실이 참 억울했다.

　당시 내가 만나거나 함께 일하는 사람들은 대부분 내 나이의 곱절 이상의 연배였기에 늘 위축되어 있었다. 내 안의 유교 정신이 웃어른에게 예의를 갖춰야 한다고 외쳤으니까. 따라서 예의를 지키면서도 한 단체의 대표로서 무시당하지 않게 행동한다는 건 참 어려운 일이었다. 내가 정중하게 행동하는 것은 타인에 대한 기본적인 예의일 뿐 내 나이가 어려서가 아닌데, 사람들은 종종 내게 턱, 턱 말을 놓곤 했다. 그럼에도 불구하고 나는 어떤 상황에서든 예의를 지키고 싶었다. 업무 미팅을 잡을 때는 상대에게 맞추려고 했고, 새벽 1시의 무례한 연락도 참고 넘어갔다. 그렇게 온갖 눈치를 보며 지내던 중, 한 기관의 팀장님이 말했다.

　"더 당당하게 대하세요. 단체의 대표잖아요. 맞춰주려 하지 말고 사람들 눈치 보지 마세요. 나이는 상관없어요."

　그 말이 큰 깨달음을 주었다. 내가 자세를 낮추면, 내 뒤를 따라오고 있는 팀원들까지 덩달아 고개를 숙여야 한다는 걸. 물론 사회적으로 보면 나는 아직 나이 어린 대표일 수 있다. 지금도 나를 어린 사람 취급하는 사회의 벽과 마주하기도 한다. 하지만 그 사실을 깨달은 뒤 부당할 때 부당하다고 소리 낼 수 있게 되었고, 필요한 걸 정당하게 요구할 수 있게 되었다. 나 자신을 챙기는 일이 다른 사람을 돕는 일만큼이나 중요하다는 걸 알게 되어 참 다행이다.

자격 없는 지도자들에게

  상당수의 학교밖청소년들이 또래 친구들과의 교류가 줄어드는 탓에 많은 외로움을 느낀다고 말한다. 안타깝게도 일부 성인들이 이 점을 악용해 미성년자에게 의도적으로 접근하는 사례가 빈번하게 발생하고 있다. 그들은 어른스러운 말로 그럴듯하게 위로하고 속삭이면서 그루밍 성범죄를 저지르기도 한다. 더욱 충격적인 것은 개중에 청소년 지도를 업으로 삼는 사람들도 더러 있다는 사실이다. 전공과 직업을 방패삼아 주위 시선은 차단하고 더욱 쉽고 친근하게 청소년에게 접근하는 것이다. '선생님'이라고 부르던 사람을 가해자로 마주하게 된 피해자는 더욱 외롭고, 지치고, 두렵다. 청소년을 만나고 가르칠 자격을 자격증 여부로 판단할 수밖에 없다는 게 안타까운 이유다.

  이런 이유로 학교밖청소년 단체를 만들 때 중요한 원칙

을 몇 가지 세웠다. 우선 <홈스쿨링생활백서>에서 주관하는 친목 행사에 참가자 나이 제한을 두었다. 미성년자가 많은 모임에 나쁜 의도를 가지고 참석한 성인 남성이 여성 청소년을 스토킹하는 등의 사례가 빈번히 발생했기 때문이다. 심지어 참가자 연령에 제한을 두자, 나이를 속이고 참가 신청서를 작성한 사례도 있었다. 온라인을 통한 사건들도 이에 못지않게 심각해 <홈스쿨링생활백서>에서 운영하는 커뮤니티에서는 연락처를 공유하여 외부에서 친목을 이어 나가는 것을 금지했다. 온라인 친목에 브레이크를 거는 건 커뮤니티의 성장에 치명적이다. 하지만 커뮤니티 안에서 공개적으로 하지 못할 말을 청소년 개인에게 보내는 성인을 제어할 유일한 방법이다. 답답하고 고루하다 할지라도 어린 여성들을 보호하고 범죄를 예방하는 것보다 중요한 원칙은 없다. 하지만 미성년자인 학교밖청소년이 보호받지 못하는 사각지대를 없애기란 쉬운 일이 아니다. 사회적 제도적 안전망이 시급하다는 건 두말하면 잔소리다.

성범죄에는 그 어떤 면죄부도 주어져선 안 되며 청소년을 지도한다는 말 뒤에 숨어 그들을 현혹하고, 이용하고, 착취하는 무쓸모한 인간들을 찾아내서 격리해야 한다고 생각한다. 그리고 늘 엄중한 경고와 야유를 보내는 것도 잊지 말아야 한다. 오늘도 어디에선가 잘못된 삶을 이어나가고 있을 자격 없는 지도자들에게.

삶에도 유통 기한이 있음을

종종 내게 남은 시간이 그리 많지 않다는 생각이 든다. 이제 겨우 이십대 중반에 접어든 사람이 이런 말을 하니 우습기도 하겠지만, 문득문득 흘러가는 하루하루가 사무치도록 아쉽게 느껴진다. 그런데 나이가 들수록 시간이 이보다 더 빠르게 흐른다니 충격이 아닐 수 없다.

「그렇게 물어보면 원하는 답을 들을 수 없습니다」라는 책에서 '날수를 세는 지혜'에 관한 이야기를 읽은 적이 있다. 저자는 본래 성경 시편에 등장했다는 이 표현을 '내 삶에도 유통 기한이 있음을 알아차리는 것'이라고 해석했다.

우리는 살아가면서 무언가를 할 수 있는, 나에게 남은 날수를 헤아릴 줄 알아야 한다는 말이다. 이를테면 현재 내 삶의 원동력이 되는 '여행'이 50년 뒤의 나에겐 끔찍이도 힘든 일이 될 수 있다. 그러니 내게 남은 여행의 유통 기한은 아마 50년이 채 안 될 것이다. 친구들과 밤새 술을 마시는 일의 유통 기한은 그보다 더 짧을 수도 있겠다.

내가 사랑하는 일들의 유통 기한이 줄어든다는 이유 외에도 나에게 나이 든다는 건 아주 두려운 일이다. '나잇값'을 해야 한다는 생각 때문이다. '어린데 참 잘해'라는 소리를 들을 때마다, 어린 나는 늘 더 이상 어리지 않을 나에 대해 생각했다. 어리다는 전제 조건을 빼고서, 나는 그냥 잘할 수 있는 사람일까? 대견한 사람이 아닌 대단한 사람이 될 수 있을까?

한편으로는 모두가 대단한 사람이 될 필요는 없다고 스스로를 다독이다가도, 나를 보며 눈을 반짝이는 청소년들의 (그 수는 몇 안 되지만 내겐 아주 소중한) 눈빛을 보고 있자면 삶의 유통 기한을 다시금 헤아리게 된다. 내가 이들을 실망시키지 않을 수 있는 날수는 얼마나 될까? 나는 그 유통 기한을 늘리기 위해 그리고 대단한 사람이 되기 위해 발버둥쳐야 함을 깨닫는다. 앞으로는 그 발버둥을 나잇값이라 여기며 살아야겠다.

이번 역은 휴식입니다

"가끔 너를 보면 쉴 새 없이 달리는 열차 같아. 하지만 네가 통과하는 역들은 하나하나 즐거워 보여."

누가 봐도 일중독이라 할 만큼, 하루 중 대부분을 일만 하며 보내던 내게 친구가 한 말이다. 심리학적으로 직업과 사생활의 경계가 무너지고 일하지 않을 때 불안감을 느낀다면 일중독이라고 한다. 나에게만 국한된 이야기가 아니라, 많은 현대인이 지니고 있는 문제이기도 하다.

일중독에 빠진 건 아마도 스무 살 무렵이었던 것 같다. 성인이 되기 전 한 단체를 만들어 운영한다는 것은 예상보다 녹록치 않았다. 어린 나이 탓에 대표로 인정받는 것부터가 쉽지 않았는데, 성인이 된 후에도 변함없이 나이 어린 여자 아이 정도로 대하는 사람이 많았다. 그래서 남들의 배로 일해야 한다고 생각했다. 매일 12시간 이상 쉬지 않고 일하는 것이 습관이 되어버렸고, 자연스레 쉼이란 나와는 거리가 먼 일이 되었다. 학부를 졸업하기 위한 시험을 마치고 집으로 돌아온 날, 갑작스레 마주한 여유가 너무 낯설어 무작정 책상에 앉아 영어 공부를 했을 정도였으니 말이다. 그 덕에 생긴 꿈이 있으니 바로 '자연사'다. 과로로 인한 스트레스성 염증을 달고 사는 나에게 평화로운 죽음이라는 건 늘 간절히 염원해야만 이룰 수 있는 꿈처럼 느껴졌기 때문이다.

하지만 내가 브레이크가 고장 난 열차처럼 쉴 새 없이 달릴 수 있었던 이유는 지나치던 순간이 모두 즐거웠기 때문이다. 몇몇 학교밖청소년에게 새로운 풍경을 보여줄 수 있어 좋았고, 누군가를 원하던 역에 내려줄 수 있어 즐거웠다. 그런데 쉼 없이 달리기만 해서일까. 부품이 하나씩 삐걱거린다. 이렇게 전력 질주 하다가는 어느 순간 멈춰버릴 수도 있다는 생각에 덜컥 겁이 났다. 내가 태워야 할 사람은 아직도 많은데….

지금 내게 필요한 것은 조금씩 속도를 줄이고 가끔은 멈춰 서서 열차를 정비하는 것이다. 나는 최고 속력을 내는 사람이 아니라 최장 거리를 달리는 사람이 되고 싶으니까.

50m 전방에 빈곤이 있습니다

그야말로 일중독의 정점에 있었던 2019년 여름, 침대에 누우면 이런 생각밖엔 들지 않았다.

내가 제대로 쉬었던 게 대체 언제였더라?

이대로는 안 되겠다는 생각에 세부행 비행기에 올랐다. 관광이 아닌 휴양을 위해서. 필리핀의 한여름은 견디기 힘들 정도로 덥고 습했지만, 숙소 로비에 도착한 뒤 새어나오는 웃음을 주체할 수 없었다. 프런트 직원은 환한 미소로 나를 맞아주었고, 이유는 몰라도 룸을 업그레이드해주었다. 덕분에 예약한 방보다 큰 욕실이 딸린 오션뷰 스위트룸에서 묵을 수 있었다. 침대는 푹신했고, 수영장은 평화로웠다. 손이 쭈글쭈글해질 때까지 수영장에서 떠다니다가, 호텔 방으로 돌아와 망고 네다섯 개를 썰어 먹은 후 새하얀 침대에 누우니 모든 스트레스가 풀리는 것 같았다. 한국보다 훨씬 저렴한 필리핀의 물가 덕분에 태어나 처음으로 룸서비스도 시켜 먹으며 3일 동안 호텔에서 충실히 휴식을 취했다.

4일차가 되어서야, 세부를 조금 더 둘러봐야겠다는 생각이 들었다. 시내로 향하는 차창 밖으로 여러 마을의 풍경이 지나갔다. 현지인의 삶을 엿볼 수 있는 기회였지만, 그 풍경을 보며 마음이 자꾸 불편해졌다.

분명 호텔 안은 화려했고, 사람들은 모두 행복해 보였는데, 밖에서 마주한 마을 풍경은 정반대였다. 아이들은 쓰레기가 가득한 길을 맨발로 걸어다녔고, 길에 돌아다니는 개들을 때리는 사람들도 흔하게 보였다. 찌는 듯한 날씨 속에서 무너져가는 판자집을 겨우 받쳐 놓고, 넋을 놓은 표정으로 어머니가 아이를 품에 안고 있었다.

우버에서 내려 레스토랑으로 들어가자 다시 호텔과 다를 바 없는 풍경이 펼쳐졌다. 가만히 서 있기만 해도 땀이 흐르는 필리핀의 날씨 속에서도 레스토랑은 쌀쌀하다고 표현해야 할 정도로 서늘했고, 조명은 화려했다. 깨끗한 접시 위에 먹기 좋게 손질된 랍스터가 나왔다. 이렇게 좋은 서비스를 누리는 앞, 뒤, 옆 테이블의 손님 모두는 외국인

관광객이었다.

필리핀이 심각한 빈부 격차를 겪는 국가라는 것을 알았는데도, 인지와 실감은 꽤 큰 간극으로 와닿았다. 부의 불평등을 가늠할 수 있는 소득불평등지수인 팔마비율로 따져보자면, 필리핀은 동아시아를 통틀어 두 번째로 빈부 격차가 큰 국가다. 실제로 필리핀의 부촌과 빈민가는 마치 자로 그은 듯이 명확하게 분리되어 있다.

식사를 마치고 돌아가 호텔을 찬찬히 둘러보니 객실은 전부 수영장과 바다를 바라보고 있었고, 창밖의 풍경은 다시 마냥 평화롭고 아름다웠다. 겨우 50m 거리에서는 아이들이 기본적인 의식주조차 보장받지 못하고 있었음에도 불구하고.

나는 지난 몇 년 동안 학교밖청소년 처우 개선 문제만을 위해 달려왔다. 그러나 필리핀에서 마주한 사람들의 모습은 내가 지닌 짐만 무거운 게 아니라고, 세상에는 더 무거운 짐과 더 깊은 그늘이 있다고 말해주는 듯 했다.

필리핀 여행을 통해 이제까지 당연하게 누려온 수많은 기쁨이 부끄러워질 수 있다는 걸 알았다. 그리고 햇살이 따뜻한 날에도 그늘을 돌아볼 줄 아는 사람이 되고 싶다는 또 하나의 목표를 갖게 되었다.

바로 50m 앞에 빈곤이 있고, 바로 코앞에 차별이 존재한다는 것을 잊지 않길 바라며.

Keep going!

　몇 년 전, 포럼 참석을 위해 방한한 이브 펄먼(스페이스십 미디어 대표)을 만난 적이 있다. 그는 모든 강연자의 꿈의 무대인 TED(Technology, Entertainment, Design: 미국의 비영리 재단에서 운영하는 강연회)에서 '의견이 다른 사람들과 대화하는 법'을 주제로 강연을 선보인 적 있는 훌륭한 여성 CEO다. 바쁜 일정 속에서도 한국의 여성 리더들과 함께 작은 모임을 갖고 싶다는 그의 의견에 따라 대여섯 명의 여성이 모이게 되었다.

　국내에는 스페이스십 미디어가 널리 알려지지 않은 탓에

모임에 참석하기 전 이브 펄먼 대표에 대해 알 수 있는 정보가 그리 많지 않았다. 그저 스페이스십 미디어에 대한 정보를 찾아보고, 그의 강연을 듣는 정도가 내가 준비할 수 있는 최선이었다.

모임 당일, 여성으로 살아가며 힘들었던 일화가 수없이 오갔다. 누군가는 남초 업계에서 여성 대표로 살아가는 삶에 대해 이야기했고, 나는 스무 살부터 본격적으로 단체를 운영하며 겪었던 일들을 이야기했다. 이브 펄먼 대표 역시, 아이들의 엄마로서 육아와 경영을 병행하는 것이 얼마나 고된 일이었는지 털어놓았다. 남자뿐이었던 스타트업 세계에서 자신이 어떻게 살아남았는지를.

즐겁게 대화가 오간 후 모두 아쉬운 마음으로 인사를 나누고 돌아서던 참이었다. 그때였다. 펄먼 씨가 나를 불러 세우더니 자신의 팔찌를 풀어 안쪽에 새겨진 글귀를 보여주었다. 자신이 힘들 때마다 보기 위해 새긴 그 말을 나에게 들려주고 싶다고. 그는 다시 팔찌를 차며 내게 활짝 웃어 보였다. 신기하게도, 그 미소가 나에게 그 어떤 말보다 큰 원동력이자 위로가 되었다.

최근 나는 그에게 메일을 보냈다. 당신을 만난 뒤, 얼마나 많은 일이 있었는지, 당신이 내게 들려준 이야기가 얼마나 큰 용기가 되었는지에 대해. 답장을 기대할 순 없었다. 우리가 만난 시간은 겨우 30분 남짓이었고, 이후 2년이라는 시간이 흘렀기 때문에. 그가 나를 기억하지 못할 수도 있다는 생각에 메일 서두에 조심스럽게 내 소개도 적었다. 그러나 불과 몇 시간 만에 아주 따뜻한 답장이 도착한 것이다.

연락을 주어서 기뻐요. (…중략…) 선한 세상을 위해 일하는 당신에게 용기를 주었다는 사실이 자랑스럽습니다.
당신의 경험이 책으로 나온다니, 정말 기쁜 소식이에요.
내가 도와줄 수 있는 일이 있다면 무엇이든 알려주세요.
당신은 이미 용감한 여성 리더입니다.
그러니 계속 달려가세요.
– 사랑과 감탄을 담아서, 이브.

비록 나의 소박한 책이 영어로 번역될 확률은 매우 낮겠지만, 언젠가 미국에 가서 그에게 이 이야기를 직접 전하고 싶다. 당신의 팔찌에 새겨진 그 한마디가 내게 얼마나 큰 용기를 주었는지.

'Keep fucking going!'

방 안에 숨어버린 수많은 가능성

방안에 숨어버린 수많은 가능성

학교밖청소년 단체를 운영하다 보면 참 다양한 청소년을 만나게 된다. 어림잡아 천 명이 넘는 꽤 많은 수임에도 유독 마음에 오래 남는 사람들이 있다.

몇 년 전, 학교밖청소년 친목 모임을 운영할 때의 일이다. 들뜬 분위기 속에서 레크리에이션이 진행되고 있을 때, 행사장 구석에 전혀 관심 없어 보이는 한 참가자가 눈에 띄었다.

"멀리서 오셨나요?"

"파티가 좀 지루한가요?"

"저쪽에 가면, 타로 카드도 봐줘요. 같이 가실래요?"

행사 내내 그의 곁에 다가가 종종 말을 걸었지만, 그는 굳은 표정으로 대꾸하지 않았다. 어딘가 아프거나 불편한 것은 아닐까 행사 내내 그를 흘끔거리게 되었다. 그가 계속 신경 쓰였던 이유는 행사에 대한 그의 반응 때문이 아니라 그 공허한 표정 때문이었을 거다.

행사가 끝나고 스태프들과 뒤풀이를 하면서도 자꾸만 그 표정이 생각났다. 아마도 그를 다시 볼 수 없겠지. 학교 밖청소년들에게 같은 고민을 하는 이들과의 교류를 통해 즐거운 추억을 만들어주고 싶어 시작한 행사인데, 도리어 불편한 기억이 되었을까 걱정스러웠다. 우려도 잠시, 얼마 뒤 진행한 행사에 그가 다시 찾아왔다.

"또 오셨네요!"

반가운 마음에 인사를 건네자 고개를 살짝 끄덕여주었다. 질문에 간간이 답해주는 그의 모습을 보며 그날의 기억이 나쁘진 않았었구나 마음을 쓸어내렸다.

그는 다음 행사에도 찾아왔다. 세 번째 참여한 행사부터는 다른 참가자들의 말에도 답해주기 시작했고, 네 번째에는 대화에 적극적으로 참여했다. 가장 놀라웠던 건 다섯 번째 모임이었다. 참가자들이 삼삼오오 이야기를 나누고 있던 쉬는 시간, 분위기를 돋우기 위해 사회자가 물었다.

"혹시 무대에 올라 장기 자랑 하실 분 계신가요? 참가자
에게는 경품을 제공합니다!"

놀랍게도 그가 손을 번쩍 들더니 무대 위로 올랐다. 그
순간의 놀라움이 아직 생생하다. 그는 제대로 해보겠다는
듯 신청곡을 요청하더니, 한두 번 갈고닦은 것이 아닌 듯한
솜씨로 노래에 맞춰 춤을 췄다. 무대에서 내려와 다시 머
쓱한 표정을 짓는 그에게 나는 진심어린 박수를 보냈다.

그로부터 며칠 뒤, 그의 어머니에게서 전화가 왔다. 아
들이 학교를 나온 이후로 집에서 한 발짝도 나서지 않았다
고. 그는 학교는 물론 세상에도 잔뜩 실망한 상태였다고
한다. 그러다 우연히 '학교밖청소년들이 직접 여는 모임'의
게시글을 발견하게 되었고 두 번, 세 번, 네 번 외출이 계속
되었던 것이다. 어머니는 울면서 감사 인사를 전했다.

세상에 잔뜩 실망한 뒤 다시 세상에 한 걸음을 내딛기
위해 그에게 얼마나 큰 용기가 필요했는지 나는 감히 짐작
할 수 없다. 다만 다시 만난 세상이 충분히 즐거웠기를, 그
래서 앞으로 더 나아갈 마음이 들었기를 바랄 뿐이다.

학교를 떠나 방 안에 숨어버린 수많은 가능성이 모두 그
와 같이 빛을 볼 수 있길 바라며.

"저기요, 대표님…."

강연을 끝내고 무대를 내려오던 길, 조심스러운 손길이 나를 붙잡았다. 돌아보니 아주 앳된 얼굴이었다. 강연을 듣기 위해 지방에서 서울까지 혼자 찾아왔다는 열다섯 살 청소년은 잠시 시간을 내줄 수 있는지 물었다. 얼마 전 중학교를 자퇴했는데, 부모님께서 더 이상 그 어떤 지원도 하지 않겠다고 말씀하셨다고 했다. 그의 얼굴에 걱정이 가득했다. '집에서 내쫓지 않는 것을 다행으로 여겨라. 검정고시를 보든 뭘 하든 혼자 힘으로 하라'는 부모님 말은 겨우 열다섯 살의 청소년이 견뎌내기에 버거운 무게였을 것이다.

"검정고시…, 많이 어려운가요? 돈이 없어서 학원을 못 다닐 것 같아요."

"난이도는 전혀 높지 않아요. 교재는 사더라도 요즘에는 무료 강의도 잘 되어 있고, 청소년센터에서 도움받을 수 있는 게 많아요. 혼자서도 준비할 수 있을 거예요."

설명을 들은 그는 우물쭈물 다음 이야기를 꺼냈다. 검정고시를 꼭 봐야 하는 건지, 본인은 돈이 없어서 바로 취업하고 싶다는 말이었다. 미용을 배우고 싶은데, 한 미용실 사장님이 배우면서 일하면 된다고 고용 제안을 했단다. 나도 모르게 미간이 찌푸려졌다.

"법적으로 일할 수 있는 나이도 아니고, 검정고시를 안 봐서…."

"사장님이 검정고시 안 봐도 된대요! 다른 데는 초졸이면 안 써주는데, 알바 아니고 직원으로 써준대요."

내 미간은 또 한 번 깊게 패였다. 아이의 미래를 생각한다면 어떻게 중졸 검정고시를 포기하고 일을 하라고 말할 수 있단 말인가. 일부 업체들이 불법으로 미성년자를 고용하기 위해 청소년들을 구슬리는 말들과 비슷했다.

"만일 당장 받아준다는 이유만으로 아무 조건 없이 입사하면, 중간에 문제가 생기거나 다른 일을 하고 싶어도 그만두기 힘들 거예요. 어떤 선택을 하게 되더라도 검정고시는 꼭 봤으면 좋겠어요."

그는 잠시 주눅 든 표정을 지었다. 아마 현실적인 문제를 외면하고, 당장 눈앞의 밧줄을 잡고 싶었을 거다. 나는 검정고시 준비 과정과 도움을 받을 수 있는 기관 등에 대해 차근차근 설명했다. 열심히 해보겠다며 고개를 끄덕이는 그의 눈빛을 보며 일부 어른들에 대한 원망스러운 마음이 스멀스멀 올라왔다. 오랜 고민과 갈등의 시간을 지나 학교를 나온 열다섯의 그는 자신의 미래를 홀로 결정하기에 너무 버겁고 외로워 보였다.

곁에 있는 어른들은 홀로 낯선 도시로 찾아왔을 그의 마음을 알고 있을까? 사회에서 만난 어른들은 자신의 이익에 앞서 이 친구의 미래에 대해 고민은 해본 걸까?

그는 잘못이 없다. 다만 나이가 조금 어릴 뿐이다. 사람은 누구나 어린 시절을 지나오고, 그 과정에서 부족함으로 인한 시행착오를 겪으며 성장하기 마련이다. 그러나 학교 밖으로 한 걸음 내딛는 순간, 그 부족함은 인생을 송두리째 끌어내릴 짐이 되기도 한다.

나는 그에게 미용실에 취직하지 않는 게 좋겠다고, 검정고시를 꼭 준비했으면 좋겠다고 신신당부했다. 그는 몇 번이나 고개를 꾸벅 숙이며 강연장을 나섰다. 덩치에 비해 커다란 백팩을 등에 진 그의 어깨가 조금은 가벼워졌을까?

그날로부터 4년이 흘렀다. 그래도 그는 아직 겨우 열아홉 살일 것이다. 중학교는 졸업했을까? 지금은 무엇을 하고 있을까? 어느덧 이름도 잊은 그의 안부가 꽤 자주 궁금하다. 잘 지내나요?

자퇴의 이유

어느 날, 한 청소년 기관 선생님으로부터 메일이 도착했다. 학교에 가는 것을 괴로워하는 한 청소년 상담에 조언을 구하는 내용이었는데, 보호자는 아직 중학생인 자녀가 학교를 떠나는 게 옳은 선택일지 고민하는 상태였다.

내용을 차근차근 읽어보니 눈에 띄는 점이 있었다. 바로 자퇴 이유를 '학교에 가는 게 시간 낭비 같아서 학교 가기가 괴롭다'라고 말했다는 점이다. 학교에서 낭비되는 시간이 아까워 자퇴하는 청소년이 많은 것은 사실이지만, 이 경우 보통 지루하다, 아깝다, 공부에 더 집중하고 싶다는 말을 덧붙이는 것이 대부분이다. '괴롭다'고 표현했다면 또 다른 문제가 복합적으로 발생하고 있을 가능성이 있었다.

단 한 가지 이유만으로 퇴사하는 직장인이 드문 것처럼, 단 하나의 이유만으로 자퇴하는 청소년 또한 드물다. 학교에 대한 불만, 대인 관계의 불편함, 미래에 대한 걱정, 학습

효율 추구…. 그 모든 것이 모여 딱 한마디로 출력되곤 한다.

"학교 가기 싫어요."

학교생활의 문제점을 보호자에게 털어놓고 싶지 않아서 학교를 핑계로 댈 수도 있고, 본인조차 왜 학교를 떠나고 싶은 것인지 정확히 모를 수도 있다. 나를 힘들게 하는 모든 것들이 사라져도 학교에 가기 싫은 것인지 직면하는 과정이 필요하다. 나는 혹시 청소년의 자퇴 의사에 다른 이유가 있는지 살펴봐야 할 것 같다는 말과 함께, 추가적인 어려움이 있으면 언제든 연락 달라는 답장을 보냈다.

얼마 후 돌아온 소식은 놀라웠다. 친구 관계에 별 문제가 없다던 아이에게 재차 근황을 물으며 부드럽게 대화를 청했더니 친구 문제로 인한 괴로움과 답답함을 털어놓았다는 것이다. 혼자 짊어지고 있던 무거운 짐을 선생님께 털어놓은 그는 한층 후련해진 표정이었고, 정말 학교를 그만두는 것이 맞을지 다시 고민해보겠다며 의견을 바꿨다고 한다. 청소년의 말을 진심으로 경청하고 함께 고민해준 선생님이 있었기에 가능한 일이었다.

자퇴라는 선택까지 다다르는 이유는 참 다양하고 복잡하다. 본인조차 헷갈리는 그 미묘한 기색을 알아차려주는 사람이 한 명이라도 있다면, 더 신중하고 좋은 선택을 내릴 수 있다. 자퇴하고 싶다는 말을 잠깐의 일탈로 여기며 넘어갈 것이 아니라, 진지하게 경청해야 하는 이유다.

미술 공부는 미술관에서

중학교 졸업 후 고등학교에 진학하지 않은 학교밖청소
년의 이야기다. 그는 자퇴 후 어떤 점이 가장 좋았냐는 내
질문에 시간과 장소에 제약이 없다는 점을 꼽았다. 그래서
그만큼 재미있게, 많은 걸 배울 수 있었다고.

그는 미술사를 공부하다가 궁금한 내용이 생기면 그날
바로 미술관으로 향했고, 역사를 공부하다가 더 깊은 내용
이 알고 싶으면 곧바로 국립중앙박물관에 찾아가 큐레이
터와 대화를 나누거나 박물관 역사문화교실 등에 참여했
다. 친구와 함께 특정 지역을 정해 역사와 지리를 공부한
뒤, 실제 그 지역으로 역사 여행을 떠나기도 했다.

각종 청소년 기관의 프로그램을 통해 수능과 전혀 관련 없는 것들도 마음껏 배웠다. 바리스타 과정을 수강하거나, 코딩을 배우기도 했다. 한때는 해외 드라마에 푹 빠져 해가 뜰 때까지 보기를 반복해 밤낮이 바뀐 적도 있었다. 이로 인해 가족과 갈등도 있었지만, 그 덕분에 영어 실력이 많이 늘었다.

자퇴 전 세웠던 계획이 있었냐고 묻자 오늘 저녁 메뉴도 정하기 어려운 자신에게 거창한 미래 계획 같은 건 없었다고 답했다. 그 대신 매일 할 수 있는 일에 충실하며 차근차근 시간을 채워 나갔고, 하고 싶은 일에 더더욱 집중했다고. 그렇게 다양한 도전을 거듭한 끝에 그는 자신이 원하는 진로를 찾아, 지구 반대편으로 훌쩍 떠났다. 미술사도, 역사도, 코딩도 아닌 경제학을 배우기 위해서. 밤새 해외 드라마를 보며 갈고닦은 영어 실력 덕분에 무리 없이 적응할 수 있었다고 한다.

그는 자신을 계획 없는 사람이라고 칭했지만, 사실 자기만의 방식으로 시간표를 알차게 채워 나갔고 결국 꿈을 찾아낸 것이다. 그는 현재 2년 넘게 매달 쉬지 않고 <홈스쿨링생활백서>에서 콘텐츠를 만들고 있다. 지구 반대편에서 날아오는 그의 카드 뉴스에서는 여전히 열정이 뚝뚝 떨어진다. 지구 반대편의 그에게서도, 학교밖청소년들에게서도 번번이 참 많은 것들을 배우고 있다.

안 참을래요 그런데 행복도 할래요

한 포럼 강연을 끝낸 뒤, 질의응답 시간을 가지는 중이었다. 앳된 얼굴의 한 참가자가 손을 들더니 ○○고등학교 1학년이라고 자신을 소개했다. 곳곳에서 탄성이 터져 나올 정도로 유명한 특목고다. 그 사실만으로 많은 학생들에게 부러움의 대상인 그가 뜻밖의 이야기를 들려주었다.

자신이 다니는 학교에서는 모두가 좋은 대학에 가기 위해 피 터지게 경쟁하기 때문에, 시험 기간마다 아픈 학생이 속출한다고. 단순한 꾀병이 아니라, 저마다 질병 코드로 분류되는 질병을 가지고 있는 것이다. 본인은 중학생 시절 감기 한 번 걸린 적 없는 튼튼한 학생이었는데, 지금은 시험 기간만 되면 온몸이 아프다고 말했다. 그의 이야기에서 정말 마음 아팠던 건, 대부분의 학생들이 처음에는 통증에 적응하지 못하고 당황했지만 이제는 시험 기간에 겪는 통증을 당연하게 여긴다는 대목이었다. 이제는 선생님들도 아이들의 증상을 숙지하고 있다고. 이 학생은 시험 기간이면 두드러기가 나서 피부과에 가야 한다, 이 학생은 구토를 해서 내과에 가야 한다는 식으로. 그리고 병원에 가지 못할 때를 대비해서 모두가 진통제, 소염제 등 갖가지 약이 한 움큼씩 담긴 개인 약통을 들고 다닌다고 했다. 물론 목표를 향해 열정적으로 달려가는 것은 청소년 시기에 좋은 경험이다. 그러나 그냥 그 시간을 참고 버티면 된다고, 나중을 위해서 현재를 무조건 희생하면 좋은 날이 온다고 말하는 것이 정말 청소년들을 위한 일일까?

왜 참는 것이 당연한 걸까? 왜 학교는 '싫은 공간'이 되었으며, 참지 않고 자퇴했다는 이유로 손가락질을 받아야 할까?

시험 기간, 몸이 상할 때까지 에너지드링크를 마셔가며 억지로 잠을 쫓는 청소년이 없었으면 좋겠다. '어른이 되면'이라는 말로 꾹꾹 누르지 말고 지금 당장 행복했으면 좋겠다. 어제의 희생 없이도 오늘의 행복이 찾아왔으면 좋겠다. 언젠가는 이런 것들이 너무나 당연해져서, '죽고 싶을 정도로 공부해서 좋은 대학에 가야 한다'고 말하는 사람이 몽상가로 불린다면 참 좋겠다.

소심함, 그 너머를 보는 시선

초등학생 시절 생활기록부 첫 줄은 '내성적인 성격으로 말이 적고 수줍음이 많으나 근면 성실하며 책임감도 강함'이었다. 성실함도 책임감도 제치고 '내성적인 성격'이 서두를 장식할 정도로 숫기 없었던 소심한 내 성격이 싫었다. 남들 앞에 서는 일이 괴로웠고, 가창 시험이라도 있는 날에는 아픈 척 학교를 빠져야 하나 혼자 심각하게 고민했다. 내성적인 것이 나쁜 건 아니라지만, 이로 인한 스트레스가 컸던 나에겐 꼭 해결하고 싶은 문제였다.

아마 성인이 된 후 나를 처음 만난 사람이라면 쉽게 믿지 않을 거다. 수십 명 앞에서 강의를 하고, TV에도 출연하는 사람이 어딜 봐서 내성적이고 수줍음이 많단 말인가.

성격이란 각자가 지닌 고유의 성질이다. 나의 고유함은 어떻게 180도 변할 수 있었을까. 돌이켜보면, 결국 나에게 중요했던 건 '내성적인 성격으로 말이 적고 수줍음이 많음'이 아니라 '근면 성실하며 책임감도 강함'이었다. 그 작은 성실함과 책임감이 모여 나는 더 발전할 수 있었다. 그리고 나에게 잠재되어 있던 '소심함을 극복할 수 있는 작은 역량'을 알아봐준 사람들이 있었기에 내가 지닌 고유의 성질이 바뀔 수 있었을 것이다.

언젠가 <홈스쿨링생활백서> 팀원에게 감사 인사를 받은 적이 있다. 팀에 들어오기 전과 지금, 180도 다른 삶을 살고 있다면서. 그는 사람들에게 많은 상처를 받아서 마음의 문을 닫고 학교를 떠났다고 한다. 소심하며 사람을 싫어하는 성향이었다는 그는 자퇴 후 한동안 사람들과 소통하지 않고 지냈다고. 그러다 우연히 친구를 따라 학교밖청소년 출신 연사들이 각자의 경험을 나누는 토크 콘서트, '자퇴 설명회'에 참여해 큰 위안을 받았단다. 그는 자신과 같은 길을 걸어가는 사람들의 이야기를 통해 불안이 자기의 탓이 아니라는 걸 알게 되면서 닫혀 있던 마음의 문을 조금씩 열 수 있었다고 한다. 그래서 단체에 들어와, 다른 사람들에게 자신이 받았던 위안을 나눠주고 싶었다고.

"예전에는 우울증이 심해서, 세상에 나 혼자뿐이었으면 좋겠다고 생각했어요. 그런데 지금은 세상에 나 혼자뿐이라면 살 수 없을 것 같아요. <홈스쿨링생활백서>에 들어와 세상에 좋은 사람들이 정말 많다는 걸 알게 된 덕분이에요."

한때는 사람들과의 소통을 힘들어하던 그는 이제는 팀에 발랄한 에너지를 주는 없어선 안 될 존재다. (우스갯소리지만, <홈스쿨링생활백서>에 들어오기 전 MBTI 검사를 했을 때는 INFP였는데, 지금은 ENFJ로 바뀌었다고 한다. 내향형에서 외향형으로 변화했다는 뜻이다.) 이렇게 놀라운 변화를 끌어낸 그는 오히려 나에게 되물었다.

"어떻게 저를 이렇게까지 바꿔 놓으신 거예요?"

사실 내가 바꿔 놓은 게 아니라는 걸 우리 둘 다 알고 있다. 누구에게나 소심한 사람은 드문 법이니까. 사실 그의 내면에는 인간을 사랑하고 싶은 마음이 있었고, 상황을 극복하고 싶은 의지가 늘 숨어있었을 거다. 그 마음과 의지를 알아봐준 이들이 곁에 있었기에 변화가 찾아온 것이다. 유년 시절 내가 선생님 앞에서는 별말을 하지 않았어도, 마음이 맞는 친구나 가족 앞에서는 할 말이 끊임없이 샘솟았던 것처럼.

결국 우리에게 필요했던 건 소심함 그 너머를 보는 따뜻한 시선이었다.

모두가 말리던 선택

    자퇴 이후, 학교 밖에서 만났던 친구들이 꾸려 나가는 다양한 삶의 형태를 지켜보고 응원하는 일이 참 좋다. 불안정한 길을 택한 우리가 조금씩 안정을 찾아간다는 사실에 소소한 기쁨을 느낀다. 세상과 적당히 타협하기로 했다며 직장에 자리를 잡은 친구가 있는가 하면, 다양한 경험치를 쌓아가며 자신만의 길을 찾아가고 있는 친구도 있다.

    그중에는 유독 더 응원하게 되는 친구가 있다. 교칙의 부조리함에 불만이 커서 고등학교 1학년에 학교를 떠난 친구다. 당시 그는 오랫동안 문학에 관심을 두었지만 자신은 재능이 없어서 작가나 시인이 되는 건 먼 세상의 일이라고 생각했다. 하지만 학교를 떠난 뒤 주어진 자유로운 시간은 그에게 선물이었다. 시간이 될 때마다 문화원에 찾아가 시인이 직접 진행하는 수업을 듣고, 좋은 시를 읽고 또 읽었다. 끊임없이 읽고 쓰던 그는 결국 치열한 경쟁률을 뚫고 한 대학의 문예창작과에 입학했다. 하지만, 얼마 지나지 않아 혼자 글 쓸 시간을 갖겠다며 덜컥 휴학계를 내더니 스물두 살이 되던 해 돌연 대학을 자퇴하겠다고 했다. 함께 입학한 친구들은 졸업 후 진로를 고민하는 시점에서, 힘들게 합격한 학교를 떠난다는 게 과연 좋은 선택일까? 그의 선택이 걱정되었다.

주변의 만류에도 불구하고 그는 자퇴를 했고, 이후 계속해서 시를 써 나갔다. 내 꿈은 여기가 끝이 아니라고 선언하듯이. 이후 그는 문예창작과 중 명성이 높은 서울예대 입시에 다시 도전했고, 결국 첫 대학을 자퇴한 이듬해 서울예대 문예창작과에 차석으로 입학했다.

시인이 되겠다는 말에, 스물두 살에 대학을 자퇴하겠다는 말에 누군가는 얼토당토않은 얘기라고 생각했을지도 모른다. 그러나 그는 자기 자신을 믿고 계속해서 묵묵히 자신만의 방식으로 한 줄을 쌓아가고 있다. 그에게 문학이란 '사회와 질서에 순응하지 않는 것'이라고 한다. 그 점이 자퇴와 꼭 닮은 것 같다며.

그의 다음 목표는 교수가 되어 학생들에게 문학을 가르치는 것이다. 그가 써 내려갈 세상이 많은 이들에게 울림을 주기를, 나는 잠자코 응원하기로 했다.

끝이 아닌 시작

학교밖청소년 중에 체육특기자로 운동하다 부상으로 인해 학교를 떠나는 친구들의 사연을 자주 접하게 된다.

"인생의 전부라고 생각했던 목표가 하루아침에 사라져 버리니 너무 막막했어요. 매일 운동만 했으니 막상 공부를 하려고 해도 어디서부터 뭘 어떻게 시작해야 할지 모르겠고요. 제 인생은 이제 끝이에요."

나는 이제 어디로 가야 하는지, 내 쓸모는 어디에 있는지, 남들은 모두 저만치 앞서가는 이 시점에 아무런 기초도 없는 나는 어떻게 해야 하는지. 무엇 하나 확실치 않은 상황 속에서 절망스러움은 당연할 것이다.

하지만 나는 오히려 이와 같은 상황에 처한 친구들에게서 아주 큰 가능성을 보곤 한다. 그 이유는 하나의 목표에 매진하며 피나는 연습을 했던 경험과 승부욕이 있기 때문이다. 게다가 실패와 서투름에 상당히 익숙하기까지 하다.

오랜 시간 훈련하며 힘듦과 지침을 이겨내는 법을 익힌 덕분인지, 새로운 목표에 빠르게 집중하는 경우가 많다. 새로운 것에 도전할 때 가장 어려운 점이 '서툴고 부족한 나를 받아들이고 이겨내는 일'인데, 이를 놀라울 정도로 잘 해내는 것이다.

검정고시를 어떻게 준비해야 하는지, 공부는 어떻게 하는지, 얼마나 꾸준히 해야 하는지 아주 기본적인 정보만 주어진다면, 다시 운동화 끈을 묶고 빠르게 달려갈 잠재력을 가지고 있었다. 곁에서 이야기를 들어주고 격려해줄 사람만 있다면 언제든 꽃피울 준비가 된 것이다.

세상에 태어나 19년도 채 살지 않았는데, 어떤 이유로든 세상이 끝났다고 생각하는 청소년들이 있다는 건 얼마나 큰 비극인가. 청소년들에게 끝이 아닌 시작임을 알게 하기 위해서는 네가 가려던 길만 있는 게 아니라고, 다시 새로운 길을 걸어보라고 말해주는 어른이 더 많이 필요하다.

억울한 등짝 스매싱

학교를 떠난 후 타인의 시선을 의식하지 않고 살 수 있다면 참 좋겠지만, 그건 정말 어려운 일이다.

학교에 다니지 않는다는 사실만으로 비난받아 마땅하다고 생각하는 이들이 많기 때문이다. 지인들은 물론, 한 번도 본 적 없는 낯선 이에게서도 비난받는 일이 종종 발생한다. 학교밖청소년들에게 듣는 억울한 경험담은 그야말로 각양각색이다.

한 청소년이 지하철에서 겪은 이야기다. 말을 걸어온 옆자리 어르신과 이런저런 대화를 한참 나누던 중 어르신이 문득 '평일인데 왜 학교에 가지 않았냐'라고 물었다. 그가 학교에 다니지 않는다고 답하자, 별안간 머리에 어르신의 손이 날아들었단다.

"학생이 학교에 안 가면 어떡해!"

갑작스러운 큰 소리에 승객들의 시선이 쏠렸고, 어르신은 계속해서 그를 혼냈다는 것이다. 억울하게 피해를 입은 그의 모습에도 말리는 사람 하나 없었고, 결국 그는 행선지도 아닌 곳에서 서둘러 하차해야 했단다. 마치 내가 당한 일처럼 억울해하며 경험담을 듣고 있는데, 또 다른 청소년이 이야기했다.

"나는 어떤 할머니한테 등짝을 맞았어!"

너무나 흔히 겪는 일이라 대수롭지 않다는 듯 웃어 보이며. 그리 유쾌하지 않은 경험담을 웃으며 이야기하기까지 얼마나 오랜 시간이 걸렸을지 알기에 더욱 마음이 아팠다. 집 안에서 혼자 책상 모서리에 발끝만 찧어도 아픈데, 집 밖에서 낯선 이에게 당한 이유 없는 공격에 얼마나 억울하고 속상했을까.

열이 펄펄 끓어도 학교는 가야 한다는 세대와 학교는 내 인생에 필요 없다고 외치는 세대가 함께 살아가는 요즘. 인식의 간극 사이에서 학교밖청소년들의 마음에는 상처가 깊게 패이고, 둘 사이의 골은 점점 더 깊어져만 간다. 더 많은 청소년이 마음을 다치기 전에, 하루라도 빨리 인식의 차이가 좁혀져야 한다.

더 이상의 억울한 등짝 스매싱이 없길 바라며.

학력은 선택

　자퇴 후 무엇을 해야 할지 모르겠다며 고민을 털어놓는 청소년들이 많다. 갑작스럽게 주어진 자유 시간. 정해진 시간표도, 뚜렷한 목표도 없어 당황하는 그들에게 언제나 해주는 말이 있다.

　"검정고시를 준비하면서 다음 단계를 생각해보세요."

　개인적으로는 학교를 떠나자마자 검정고시 준비를 시작하길 권한다. 종일은 아니더라도, 매일 조금씩 책을 읽으며 차근차근 시험을 준비해보라고. 검정고시 준비는 공부하는 습관을 들이고 학업의 끈을 이어 나가기에 아주 좋은 계기가 되기 때문이다. 일찍이 졸업해두면 확실히 마음도 여유로워진다. 나는 열일곱 살에 고등학교 졸업 학력을 취득했기 때문에 마음껏 진로를 탐색할 수 있었는데, 이게 내가 학교 밖에서 누린 최고의 혜택이라고 생각한다.

　그런데 얼마 전, 자퇴 후 검정고시는 필수라는 내 편견을 깨준 멋진 청소년을 만나게 되었다. 이른 나이부터 글을 쓰기 시작해 벌써 몇 권의 책을 낸 작가였다. 그는 학교를 떠난 후 검정고시를 응시하지 않아 아직도 '초졸'이라고 자신의 학력을 소개했다.

그 이유를 물으니, '굳이 필요하지 않아서'라는 간단명료한 답이 돌아왔다. 그도 그럴 것이 글을 읽고 쓰는 데 졸업장이 필수는 아니니까. 다만 언젠가 자신의 삶에 필요하다는 생각이 들면 곧바로 준비할 거라고 덧붙이는 그의 눈에는 자신이 걷는 길에 대한 확신이 넘쳤다.

역시 정해진 답은 없었다. 어쩌면 학교 밖에서 얻어내야 하는 건 학력이 아니라 자신감과 확신일지도 모르겠다.

어머니 뭐 하세요?

"어머님 직업이 어떻게 되세요?"

"집에서…, 유튜버 하세요."

엄마가 처음 유튜브를 시작한 날이 아직도 생생하다. 정확히는, 엄마가 유튜브를 시작했다고 고백하던 날이다. 엄마는 유튜브에 영상을 올린 지 일주일이 더 지나서야 가족들에게 털어놓았다. 우리 집에는 영상 촬영을 위한 조명이나 카메라는 물론 영상 편집용 노트북도 없는 데다가, 엄마는 태어나서 단 한 번도 영상을 만들어본 적 없는 평범한 가정주부였다. 그런 엄마가 영상을 만들어 올렸다니. 놀라움과 함께 "어떻게?"라는 말이 먼저 툭 나와버렸다.

엄마는 열심히 찾아보고, 될 때까지 시도했단다. 핸드폰으로 영상을 촬영하고, 편집 프로그램을 구매해 편집하고, 유튜브에 업로드하기까지 모두 검색해서 찾아봤다고.

결혼 후 언니와 나를 낳고, 약 30년을 전업주부로 생활했던 엄마에게는 엄청난 도전이었을 것이다. 엄마는 그 도전을 멈추지 않았고 '써니'라는 이름으로 2년이 넘도록 꼬박꼬박, 주 3회 영상을 만들어 올렸다. 엄마의 소소한 일상을 공유하는 채널은 4만 명 넘는 구독자가 시청하고 있고, 이제는 꽤 많은 팬들이 써니의 영상을 손꼽아 기다린다.

엄마는 시간의 흐름을 기록하고, 끊임없이 무언가를 창조할 수 있어 즐겁다고 한다. 전업주부로 생활할 때는 느끼지 못했을 감정들. 난 엄마 인생의 성과가 자식 농사의 성패 여부로 평가되지 않을 것이라는 사실에 안도했다.

학창 시절 내내 전교 1등을 놓치지 않았던 꿈 많고 열정 넘치던 엄마가 결혼 후 엄마로서만 사는 것이 나는 늘 못내 아쉬웠다. 덕분에 우리는 행복한 사람으로 자랄 수 있었지만, 우리 사회는 훌륭한 인재를 한 명 놓친 셈이니 말이다. 그래서 나는 엄마가 써니로 사는 모습이 좋다.

'나 벌써 유튜브 시작한 지 3년이 지났어.', '이번 영상 조회수가 하루 만에 1만 회를 넘었어!'

엄마가 뿌듯할 때마다 짓는 삐쭉한 웃음이 정말 좋다.

운전대를 놓지만 않는다면

   그 친구를 처음 만났을 때, 그는 검정고시를 통해 고등학교를 빠르게 졸업한 후 경찰 시험에 응시해 최연소 경찰이 되겠다는 포부를 지닌 자퇴생이었다. 꿈에 관해 이야기할 때면 눈이 반짝거리던 열정적인 그는 청소년 활동에도 열심이었다. 내가 학교밖청소년을 돕기 위한 아이디어가 떠올랐다고 말하면 누구보다 먼저 달려와 들어주었다. 그는 어느새 청소년지도사를 꿈꾸게 되었고, 그 꿈을 향해 공부를 시작했다. 하루 종일 책상 앞에서 떠나지 않을 만큼 열심히 노력한 결과 열아홉 살에 한 대학의 청소년 관련

학과에 진학했다. 청소년들이 무엇을 원하는지, 어떻게 함께할 수 있을지 열띤 목소리로 이야기하는 그의 모습은 정말 빛났고 청소년 분야가 천직이라는 생각마저 들었다.

그 생각이 무색하게도 졸업을 앞두고 있던 그는 갑자기 책 만드는 일에 관심이 생겼다며 출판사 관련 대외 활동과 인턴십을 수료하더니, 졸업하자마자 꽤 큰 출판사에 취직했다. 의외의 행보가 아닐 수 없었다. 아동 도서 편집자로 일하게 되어 청소년을 전공하며 배운 것들이 종종 업무에 도움이 된다고 했다. 불과 몇 년 전만 하더라도 본인이 출판사 편집자가 되어있을 줄은 상상도 못했다면서 웃었다.

오랫동안 꿈꿔온 직업과 다른 전공을 택하더니 또 다시 전공과 전혀 상관 없는 직업을 택했다. 하지만 결국 멋지게 해냈다. 삶의 방향키가 예상치 못하게 돌아가더라도 운전대를 놓지 않고 단단히 쥐고 있었기에 가능한 결과였을 것이다.

"제가 전공을 잘 택한 건지 모르겠어요."

"학교에서 실습했는데 생각했던 것과 너무 달라요."

"이번 생은 망한 것 같아요."라며 한숨을 내쉬는 이들에게 난 오늘도 그의 이야기를 들려준다. 지금 택한 전공이, 지금 다니는 회사가 인생의 마지막 계단이 아님을 꼭 알아줬으면 해서. 운전대를 놓지만 않는다면 우리는 기어이 어디든지 닿고 만다.

학교에서만 배울 수 있는 것은 없습니다

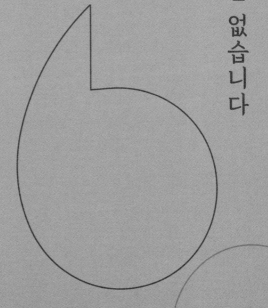

학교에서만 배울 수 있는 것은 없습니다

2021년 봄, 서울시교육청에서 '학교에서만 배울 수 있는 것들이 있다'라는 문구가 담긴 광고를 내걸었다. 그 예시로 '다툰 친구와 화해하는 법', '틀린 문제에 다시 도전하는 법', '힘든 친구를 위로하는 법' 등을 함께 제시했다. 코로나19로 인해 정상적 등교가 어려운 상황 속에서 하루빨리 이 사태를 정상화하겠다는 교육청의 의지를 담고자 했을 것이다.

하지만 악의 없는 취지와는 다르게, 이 문구는 학교밖청소년들에게 큰 상처가 됐다. 나는 서울시교육청이 그동안 학교밖청소년 지원에 진심을 다해온 것을 알고 있던 터라 광고 이슈를 어떻게 바로잡아 청소년들의 상처를 보듬어 줄지가 궁금했다.

며칠 뒤, 서울시교육청으로부터 연락이 왔다. 해당 광고를 주제로 토론회를 여는데, 문제 제기 측을 이끌어 달라는 제안이었다. 나는 일말의 고민 없이 기쁜 마음으로 수락했다. 그동안 이번 광고와 같이 학교밖청소년들을 배제해왔던 사례가 많았지만, 대대적인 행사를 열어 문제를 바로잡은 사례는 단 한번도 없었기 때문이다. 본래 기관이든 기업이든, 자신들의 불찰을 공론화하여 일을 키우는 것을 원치 않는 법이니까.

그 의미 있는 자리에서 학교밖청소년의 목소리를 대변한다는 건 나에게도 소중한 일이었다. 학교밖청소년들의 입장을 널리 알릴 수 있는 자리인지라, 간절하기까지 했다. 함께 토론할 학교밖청소년을 섭외하고, 열심히 토론문을 준비했다. 하지만 '광고 게시 찬성 측의 발제가 학교밖청소년들에게 상처가 되지 않을까'하는 걱정을 떨칠 수 없었다. 차별받았다고 느끼는 사람에게, 당신이 받은 것은 차별이 아니라는 말은 그 자체로 상처가 되기 때문이다.

그 우려는 토론회가 열리기도 전에 현실로 나타났다. '서울시교육청의 광고가 학교밖청소년을 배제한 것인가'를 주제로 토론회가 열린다는 보도 자료가 나가자마자 이를 비난하는 수많은 댓글이 달렸다. 교육청으로서 저 정도 말도 못 하냐, 너무 예민하다, 별걸 다 트집 잡는다, 학교밖청소년이 교육청 담당도 아닌데 교육청이 왜 신경 써야 하느냐 등등.

이 중에는 많은 사람이 제대로 알지 못해서 생겨난 오해도 있었다. 서울시교육청에는 학교밖청소년을 담당하는 부서가 있다. 그러니 학교밖청소년을 보호하는 것은 당연히 서울시교육청에서 신경 써야 할 일인 것이다. 그러나 여기서 중요한 것은 담당부서의 유무가 아니라, 인간은 행정으로만 분류되는 존재가 아니라는 점이다. 인간을 위해 행정이 존재할 뿐인데, 왜 누군가는 배제되어야 한단 말인가.

날선 댓글을 보고 있자니, 7년 전 내 기사에 달렸던 수많은 악성 댓글이 떠올랐다. 아, 아직도 멀었구나. 그래서 그날의 토론회는 더 의미 있었다. 기존에는 학교밖청소년 개개인이 일방적으로 상처받고 끝났지만 처음으로 이러한 문제에 대해 발제할 권리가 주어졌기 때문이다. 나는 그 어떤 행사보다 무거운 마음으로 무대에 올랐다. 심지어 목이 타서 물을 마시는데, 손이 살짝 떨리기까지 했다.

광고 게시 찬성 측은 학교는 교과뿐만 아니라 학생들의 인격까지 고려하는 기관이라는 점과 서울의 교육을 책임지는 교육청의 입장에서 낸 광고임을 감안해야 한다는 점,

악의 없는 문구였음을 주장했다.

문제 제기 측인 나는 서울시교육청에서 운영하는 학교밖청소년 도움센터에서도 교과를 비롯한 다양한 교육을 책임지고 있다는 점과 서울시 학령 인구 중 9%에 가까운 청소년이 학교에 다니지 않는다는 점, 의도와 무관하게 학교밖청소년을 향한 편견을 강화하는 문구라는 점을 반대 근거로 제시했다.

첫 토론자로서 발표를 마치고 마이크를 내려놓으며, 수많은 생각이 오갔다.

나의 발언이 충분했을까?

학교밖청소년들의 마음을 충분히 대변할 수 있었을까?

물론 이날의 토론회가 세상을 바꿔 놓진 않았다. 하지만 누군가는 그동안 전혀 인지하지 못했던 학교밖청소년들의 입장을 조금이나마 알게 됐을 것이다.

그날도 지금도, 그리고 앞으로도 학교밖청소년들을 대표해 이야기할 기회가 주어진다면 내가 하고 싶은 말은 한 가지 뿐이다.

우리는 모든 아이들에게 그 어떤 차별도 물려주어서는 안 된다.

능력은 있고 소속은 없습니다

학교밖청소년은 학교를 나오는 순간, 수많은 차별과 부당함을 겪게 된다. 그중 가장 기억에 남는 건 일명 '공모전 사건'이다.

글쓰기를 즐기던 한 친구가 청소년백일장에 참가해 수상을 하게 되었다. 주최 측에서는 소속 학교를 물었고, 친구는 학교밖청소년이라 소속 학교가 없다고 답했다. 담당자는 난처해하며 규정상 소속 학교가 있어야 수상이 가능하니 대안으로 인근 학교 소속으로 수상할 것을 제안했다. 예외 규정이 마련되지 않은 걸 보면, 기수상자 중 학교밖청소년이 없었던 모양이다. 하지만 하루도 다닌 적 없는 학교의 소속으로 상을 받을 수는 없는 노릇이기에 그는 당연히 거절했고, 결국 수상이 취소되었다. 능력이 부족해서가 아니라, 상장에 기재할 소속 학교가 없다는 이유만으로.

그로부터 몇 년이 흘렀고 우리는 모두 어른이 되었다. 하지만 이 이야기를 떠올리면 여전히 마음 한편이 묵직하게 시리다. 부당하고 억울한 일을 혼자 감내해야 했던 그날의 친구가 너무 안쓰러워서.

더더욱 가슴 아픈 건 이런 일을 겪는 사람이 한둘이 아니라는 점이다. 지금도 수많은 학교밖청소년이 중·고등학생이라는 참가 자격 앞에서 주저앉고 있다. 능력은 있지만, 소속이 없기 때문에.

이후 나는 참가 자격에 '학생'이라고 표기된 공모전의 포스터를 발견하면 꼭 담당 기관에 전화해 학교밖청소년은 지원할 수 없는지 문의한다. 대부분 '미처 생각하지 못한 부분'이라며 정정하겠다는 답이 돌아온다. 참가 자격을 학생이 아닌 청소년으로 표기하는 건 어려운 일이 아니다. 학년 옆에 '동일 연령 청소년'이라는 한 줄을 적는 것은 더더욱 간단한 일이다. 하지만 사회 전반적으로 그 필요성을 인지하고 실천하는 일은 결코 쉽지 않다.

지금 이 순간에도 청소년들은 자라고 있다. 청소년으로서 당연한 도전을 펼칠 수 있는 기회가 하루하루 줄어들고 있는 것이다. 나는 당장 오늘, 청소년 누구라도 원하는 공모전에 참가할 수 있길 바란다. 변경된 공고를 보고 단 한 명의 학교밖청소년이라도 포기 대신 도전을 꿈꿨길 바라며 작고 사소하지만 꾸준히 움직일 힘을 얻는다.

학교밖청소년을 위한 매뉴얼

"학교를 떠난 아이들을 찾아내서 지원 기관에 등록하도록 하는 게 힘들다면, 학교를 떠날 때부터 상세한 정보를 알려줘야 해요. 학교밖청소년들에게 매뉴얼을 제공해야 합니다."

8년 전부터 여성가족부, 교육청 등 다양한 기관에 정책 자문을 제공할 일이 생길 때마다 매뉴얼의 필요성을 강력하게 주장해왔지만 매번 받아들여지지 않았다. 거절의 이유는 다양했다. 교육부의 동의가 없다면 학교에 매뉴얼을 보급할 방법이 없다, 학교에서 그런 정보를 나눠준다면 자퇴를 환영한다는 뜻으로 비쳐질지도 모른다 등등.

이런 말들을 반복해서 들을 때마다 나는 조금씩 좌절했다. 정말 방법이 없는 걸까? 언제까지 이 좌절을 반복해야 하는 걸까? 딱히 방법을 찾지 못하고 있던 중 2020년 서울시교육청에 '검정고시 지원 기획 T/F팀'이 꾸려졌다. 나는 학교밖청소년 전문가로서 팀에 합류하게 되었는데, 그때 큰 행운이 찾아왔다. 학교밖청소년 지원에 누구보다 열정적인 장학사를 만나게 된 것이다. 그분은 학교밖청소년을 위한 일이라면 진심을 다하셨고, 산더미 같이 쌓여 있어 언제 해결될지 몰랐던 서류 처리 작업도 빠르게 진행되었다. 그간의 답답함과 좌절이 해소되는 듯했다.

탁상공론은 그만두고 현장의 목소리가 반영되어야 한다는 든든한 지지 속에서 나는 학교밖청소년들에게 실질적으로 필요한 지원 정책이 무엇인지 마음껏 쏟아낼 수 있었다. 그렇게 수차례 회의를 거친 끝에 서울시교육청의 「학교밖청소년 지원 중장기 계획안」이 완성되었다. 학습지원뿐만 아니라 정서 및 진로 상담까지, 성장을 위한 모든 부분을 고려한 역작이었다.

그중에는 학교밖청소년을 위한 매뉴얼 제작 계획도 포함되어 있었다. 나는 대학생으로 구성된 검정고시지원단과 함께 석 달에 걸쳐 학교밖청소년을 위한 매뉴얼을 만들었다. 기획부터 집필, 편집, 디자인까지 무엇 하나 소홀히 할 수 없었다.

막중한 책임감과 수면 부족으로 힘겹던 어느 날 저녁, 쏟아지는 잠을 떨치기 위해 8년 전 함께 매뉴얼 제작을 제안했던 친구에게 전화를 걸었다. 이제 성인이 된 우리는 매뉴얼의 도움을 받을 일이 없음에도 친구는 진심으로 기뻐하며 격려해주었다. 매뉴얼을 받은 청소년들은 우리와 같은 어려움을 겪지 않을 수 있을 거라고 생각하니 가슴이 벅차오른다며.

학교밖청소년을 위한 매뉴얼이 필요하다는 제안을 꺼내던 열여덟 살 무렵의 우리가 아직도 생생히 생각난다. 현실이 되려면 아주 오랜 시간이 걸리겠지만, 그래도 될 때까지 해보자는 마음으로 거절당하고, 좌절하고, 다시 두드리고 또 거절당했던 시간이었다.

친구와 통화를 끝내고 나니, 매뉴얼을 집필하며 느끼는 힘듦마저도 큰 행복임을 새삼 깨달았다. 어쩌면 나는 이 행복을 맛보기 위해 지금껏 멈추지 않고 벽을 두드려왔는지도 모른다.

사회라는 바다에서 만나자

 청소년들이 학교를 떠나는 이유로 가장 많이 답한 항목은 '학교가 무의미해서'라고 한다.(여성가족부, 학교밖청소년 실태 조사 결과) '공부하기 싫어서', '일찍 일어나기 싫어서'가 아니라 '학교가 내 인생에 도움이 되지 않아서' 자퇴를 택하는 청소년이 많다는 뜻이다. 우리 사회는 이러한 현상을 통해 자퇴가 비단 한 개인의 문제가 아님을 인지하고 학교 밖으로 흐르는 물줄기를 막아낼 수 없다는 것을 다소 무겁게 받아들여야 한다.

 학령 인구는 줄어드는데, 학교를 떠나는 아이들의 비율은 낮아지지 않는다. 자퇴를 막기 위해 각종 제도를 도입하는데도 불구하고 이미 40만 명에 가까운 아이들이 학교 밖에서 생활하고 있다. 이 비율은 획기적인 대책이 마련되지 않는 한 당분간은 줄어들지 않을 것으로 보인다. 그러니 이제 학교밖청소년 지원을 '자퇴 독려'라는 부정적인 시선이 아닌 '다양성의 인정'이라는 긍정적인 시선으로 바라봐야 할 것이다. 한 아이도 포기하지 않겠다는, 교육계의 오랜 신념이자 슬로건을 지키기 위해서라도 말이다.

누군가는 학교밖청소년 지원의 궁극적인 목적이 학업 복귀, 즉 학교로 돌아가도록 만드는 것이라 말한다. 그러나 우리가 해야 할 일은, 학교밖청소년을 '학교로 돌려보내는 것'이 아니라 '원한다면 언제든 학교로 돌아갈 수 있음을 알려주는 것'이다.

혹자는 학교 밖의 사정이 좋아진다면 아이들이 모두 학교를 떠날 거라고 말한다. 하지만 그것이 학교밖청소년 지원을 멈출 이유가 되지는 않는다. 우리는 둑을 막는 것이 아니라, 아이들이 잘 흘러갈 수 있도록 지원을 통해 길을 내줘야 한다. 학교를 더 튼튼하게, 평화롭게, 아름답게 만들어 좁고 힘든 길로 밀려나는 아이들이 없도록.

모두에게는 각자의 흐름이 있다. 결국 사회라는 배경에서 얽히고설킨다지만, 그 안에서도 한 개개인의 고유한 방향과 속력이 있는 것이다. 학교 안에서도, 밖에서도 각자의 속도로 흘러 사회라는 바다에 무사히 다다를 수 있도록 지지하고 지켜봐주는 게 교육의 궁극적인 지향점이 되어야 하지 않을까.

떠날 이유가 없는 학교

"대체 학교에서는 뭘 해야 할까요? 학생들에게 모든 걸 다 주는데, 왜 그 모든 걸 버리고 학교를 떠날까요?"

교육 관련 행사장에서 만난 한 교감 선생님이 답답함을 토로했다. 학교를 떠나는 아이들만큼이나, 그들을 그저 지켜볼 수밖에 없는 교육자들의 마음도 무겁다. 아이들이 왜 학교를 떠나는지 짐작조차 할 수 없는데 어디에서 희망을 찾아야 할지 모르겠다는 이야기에 나 역시 마음이 무거워진다.

학교밖청소년 지원은 참 어려운 과제다. 정답을 찾기도, 실행하기도 어렵다. 다만 내가 생각하는, 우리가 반드시 해야 할 일은 떠나고 싶지 않은 학교를 만드는 것이다. 당장 학교 밖으로 쏟아져 나오는 청소년들에게 좋은 환경을 조성해주는 것만큼이나, 떠날 이유가 없는 학교를 만들어주는 것 또한 중요하다. 뜬구름 잡는 이야기처럼 들릴 수도 있지만, 우리가 아이들을 위해 할 수 있는 가장 중요하고 확실한 일은 학교를 떠날 수밖에 없는 이유를 하나씩 줄여주는 것이라는 생각을 자주 한다.

절을 고치기 위해서는 절을 떠난 중에게 그 이유를 물어야 한다. 학교를 떠나는 아이들의 말에 귀 기울이는 것은 더 좋은 학교를 만드는 시발점이 될 테고, 문제점을 하나씩 고쳐 나가는 과정이 거듭된다면 결국 떠날 이유가 없는 학교가 만들어질 것이다.

학교가 세상의 전부처럼 느껴지는 시기가 있다. 그러니 아이들에게 좋은 세상을 남겨주고 싶다면 좋은 학교를 만들기 위해 전력을 쏟아야 한다. '너희가 모든 걸 마다하고 떠난 거잖아'라고 손가락질하는 것이 아닌, 모든 걸 마다하고 떠나기까지 얼마나 많은 고민과 고통이 있었을지 헤아려주는 게 우선이다.

왜 학교를 떠나고 싶었는지, 어떻게 하면 같은 이유로 또 다른 아이가 학교를 떠나지 않을지 고민하는 것까지가 학교밖청소년 지원의 궁극적인 지향점이라고 생각한다. 또한, 모든 아이에게는 좋은 세상을 누릴 권리가 있다고 믿는다. 그 권리를 지켜주기 위한 노력이 수없이 반복되어서 최선의 세상이 남겨지기를 꿈꾼다.

어쩔 수 없는 교육은 없다

창의성이라는 말이 그 어느 때보다 자주 들려오는 요즘이다. 4차 산업 혁명 시대에는 암기를 잘하고 산수에 능한 사람이 아니라, 창의력이 뛰어난 사람이 각광받을 것이라고 한다. 물론 암기와 산수는 기본 소양이 된 듯하지만.

스무 살 무렵, 학창 시절 공부를 곧잘 하던 한 친구가 성인이 되며 겪는 갑작스러움에 대해 이렇게 말했다.

"나는 분명히 날개뼈의 구조를 배우고 있었는데, 갑자기 절벽 앞에서 밀어버리고는 날으라는 것 같았어."

자신은 그저 공부만 하고 살았는데, 성인이 되니 갑자기 내 꿈이 무엇인지도 알아야 하고, 각종 사회 현상에 대한 사견도 가져야 하며, 심지어는 창의적이면서도 조리 있게 말할 줄도 알아야 했다는 거였다.

성인으로 넘어가는 12시에 맞춰 자연스럽게 생성되는 능력 같은 건 없다. 그렇다면, 성인이 되기 전 이 같은 능력을 키울 수 있는 연습이 필요했던 건 아닐까?

학창 시절, 시험을 볼 때면 나는 주어진 문제를 빠르게 풀어 나가기 급급했다. 모두가 조용한 시험 시간, 가장 먼저 종이를 넘기는 사람이 나라는 사실에 뿌듯해하기도 했다. 빠른 속도로 객관식 문제를 해결하고는, 서술형 문제에 누구보다 오랜 시간을 할애해 공들이곤 했다. 언제나 답안지 면적이 부족할 만큼 꽉 채운 답변을 내곤 했는데, 선생님이 알려주신 내용과 내 생각을 연결해 가득 풀어내는 게 참 즐거운 일이었다. 서술형 답안지 외에는 교과 내용에 대한 의견을 발산할 기회가 없었기 때문이다. 이 사실이 늘 아쉬웠지만, 많은 학생에게 정해진 분량과 목표의 교과 내용을 전달해야 하는 공교육의 특성상 어쩔 수 없는 일일 거라고 체념했다.

그러나 자퇴 후 교육이란 '어쩔 수 없음'이 적용되는 분야가 아니라는 걸 깨닫게 되었다. 책을 읽다가 우연히 프랑스의 대학 입학 자격시험인 '바칼로레아'에 대해 알게 된 것이다. '바칼로레아'에는 객관식이 없으며, 다양한 철학적 질문에 따른 자신의 생각을 논술형으로 답하는 방식으로 치러진다. 그만큼 채점에 많은 인력이 투입되고 오랜 시간을 투자해야 하지만 모든 답안지를 꼼꼼히 읽어보며 합격 여부를 가려낸다. 단, 철학적 사유와 창의성이 필요한 시험의 특성상 합격률이 낮을 수밖에 없다.

그런데 프랑스 정부에서는 이 낮은 합격률의 원인을 공교육의 부실함이라고 판단하여, 공교육의 질을 높이기 위해 노력했다고 한다. 이 사실이 내게는 기분 좋은 충격을 주었다. 학생들이 시험에 합격하지 못한다면 그 원인은 개개인이 아닌 공교육에 있는 것이라는 그 접근 방식이 참 부러웠다. 우리 사회도 언젠가 학생들에게 등급 대신 더 좋은 교육을 나눠줄 수 있을까?

전달되기도 전에 막을 내리는 정책

'학교밖청소년 지원금 신청 저조'

이런 기사를 보고 있자면 한숨이 푹 나온다. 신청률이 저조하다는 이유로 더는 지원이 확대되지 않을까 봐, 도리어 축소될까 봐 걱정이 산더미처럼 쌓인다. 이런 기사를 접한 많은 이들이 의아해하기도 한다. 도대체 왜 지원해주는데도 받질 않는지, 그러면서 뭐가 그렇게 힘들다고들 투정하는 건지…. 하지만 이는 학교에 다니는 학생을 기준으로 봤기에 생기는 오해다. 모든 청소년들에게 지원 소식이 당연히 전달됐을 것이라는 오해. 이런 정책들은 학교 안에서는 비교적 쉽고 빠르게 전달되지만, 학교밖청소년에게는 그리 간단치 않다.

가끔 학교밖청소년들과 대화를 나누다가 상황에 맞는 지원 정책을 소개해주면, 대부분 이런 답변이 돌아온다.

"아니 이렇게 좋은 걸 왜 나 몰래 하지? 집에 가서 신청해볼게요!"

이러한 현상의 원인 중 하나로 학교밖청소년 지원 정책을 시행하는 주체가 너무나 다양하다는 점을 들 수 있다. 여성가족부, 시도별 교육청, 지자체, 그 안에서도 시·군·구별로 지원하는 내용이 모두 다른 경우가 많다. 심지어 같은 교육청 사업이지만 지역에 따라 사업명이 다르거나 일부 지역은 시행되지 않는 경우도 있다. 운 좋게 지원 공고를 발견했다 하더라도 지원 사업의 세부 내용이 공문 속에 꽁꽁 숨어 있거나, 이미 지나버린 내용만 덩그러니 남아 있는 경우도 많다. 이런 상황 속에서 학교밖청소년이 혼자만의 힘으로 모든 정보를 습득한다는 건 불가능에 가깝다.

몇 년 전, 여성가족부 회의에 참여했을 때가 떠오른다. '청소년증'에 대한 홍보가 필요함을 이야기하자 케이블TV 방송 하단에 지나가는 자막으로 홍보를 진행하고 있다는 답이 돌아왔다. 청소년증처럼 학교밖청소년의 생활에 필수적인 정보를 홍보하는 유일한 수단이 빠르게 지나가며 휘발되고 마는 데다, 노출 대상의 타깃팅이 전혀 불가능한 자막 광고라니. 홍보를 추진하며 학교밖청소년 지원의 목적을 조금만 고려해보았다면 이런 결론이 나오지 않았을 거다. 지상파 채널도 아닌 케이블 TV 채널에, 영상도 아닌 하단 자막 광고를 넣은 이유는 아마도 홍보 예산이 부족했기 때문일 것이다. 그렇다 할지라도 최소한 학교밖청소년들의 특성을 감안한 홍보 방법을 고심했어야 옳지 않았을까? SNS가 청소년 간의 주요한 소통 채널인 만큼 정보를 전달하는 SNS 채널을 운영할 수도, 거점이 될 홈페이지를 구축할 수도 있었다.

정책이 국민에게 발표되는 순간은 끝이 아닌 시작이다. 어떻게 하면 더 쉽고, 빠르고, 정확하게 학교밖청소년에게 전달할 수 있을 것인지를 함께 고려해야 한다. 더 이상은 당사자에게 전달되기도 전에 막을 내리는 정책이 없기만을 바랄 뿐이다.

완벽한 대책이라는 허상

현실은 언제나 통계보다 잔혹하다. 학교 폭력으로 인해 괴로워하던 청소년 한 명의 목숨을 겨우 숫자 1에 담아낼 수는 없으니까. 학교 폭력으로 인해 자퇴까지 한다는 사실을 이해하지 못하는 사람들도 있다. '요즘에는 학교폭력위원회(이하 학폭위)도 잘 되어 있는데, 대체 왜?'라며 의문을 제기하기도 한다. 학생이 교사에게 학폭위를 열어달라고 말하면 무조건 열어주어야 하는 것이 원칙이기 때문이다. 그러나 그 사이에는 분명 빈틈이 있다.

가장 큰 빈틈은, 학교 폭력으로 인해 퇴학당할 위기에

놓인 가해자에게 자퇴 기회를 주는 사례다. 퇴학은 인생에서 지울 수 없는 오점이라며 가해자를 배려해주는 것인데, 제대로 처벌받지 않는 것을 보며 피해자는 또다시 2차 가해와 상처를 받을 수밖에 없다. 게다가 가해자의 자퇴로 인해 자퇴생을 향한 인식이 나빠지기도 한다.

교사가 피해자를 불러 '일을 크게 만들지 말자'며 설득하는 사례도 생각보다 빈번히 발생한다. 실제 학교 폭력으로 인해 자퇴한 피해자들의 이야기를 들어보면 그 설득 방법도 다양하다. 학폭위가 열리면 동네에 소문이 나서 학교의 평판이 떨어진다, 가해자가 소위 '있는 집 자제'다, 학폭위 과정이 험해 너만 힘들어질 거다, 학폭위가 열리면 네가 왕따라는 사실을 모두가 알게 될 거다 등 각양각색의 이유를 들어 피해자를 주눅 들게 만드는 것이다. 피해자를 위한 설득이 아니라 일종의 협박인 셈이다. 결국 선생님이라는 지위로 제자인 피해자를 위하는 척 꾸몄지만, 피해자를 전혀 보호하지 않고 또 다른 가해를 하는 꼴이 되는 것이다. 결국 사건을 공론화할 자신감을 잃은 피해자가 학폭위를 열지 않은 채 일단락되고 만다. 학교생활이 나아질 리 만무하니 피해자가 자퇴하는 것으로 마무리되는 경우가 흔하다. 그러니 '학폭위'가 완벽한 대책이라는 것은, 피해자들에게 허상에 불과하다.

괴롭힘은 사람의 마음을 황폐하게 만든다. 직장 내 괴롭

힘으로 퇴사하거나 목숨을 끊는 성인도 적지 않은데, 청소년에게는 또 얼마나 견디기 힘든 일일까. 그런 힘든 일을 겪고도 제대로 보호받지 못한 채 학교를 떠나야 하는 일이 계속 되풀이되고 있는 것이 안타까운 현실이다. 학교 폭력의 피해자가 자퇴하는 일을 막기 위해서는 가해자에 대한 처벌은 물론, 피해자를 압박한 교원에 대한 징계도 명확해야 한다. 폭력으로 인한 피해자가 자퇴했다는 걸 학교의 수치로 여겨야 한다.

물론 단번에 바뀔 수는 없겠지만 학생, 학교, 부모, 사회의 인식이 조금씩이라도 계속 변화해야 한다. 더 이상 학교 폭력으로 학교를 떠나는 학생이 단 한 명도 발생하지 않는 날이 오길 바란다.

우리에겐 각자의 이름이 있다

　학교밖청소년들에게 뭘 해줘야 하냐는 질문을 자주 받아왔지만, 여전히 선뜻 대답하기는 어렵다. 40만 명의 마음을 한마디로 축약할 능력은 없기 때문이다. 검정고시, 입시, 금전적 지원, 심리 상담 등 각자가 원하는 방향은 모두 다르다.

　다만 한 가지 확신하는 것은 '인식 개선'만이 모든 학교밖청소년을 위하는 방향이라는 점이다. 각자의 길을 찾아갈 수 있도록 내딛는 땅을 사회 전반에서 단단히 다져주어야 한다는 의미다.

서울시 학교밖청소년 실태 조사에 따르면 서울 학령 인구 중 약 9%가 학교밖청소년이라고 한다. 분명 적지 않은 수치임에도 학교밖청소년은 극소수처럼 여겨지곤 한다.

안타깝게도 소수자라는 말은 모든 것을 참 쉽게 하나로 묶어버린다. 그래서 모든 학교밖청소년이 각자의 세상을 지닌 개인이라는 점을 우리 사회는 곧잘 잊는다.

정책을 만들 때도, 기사를 작성할 때도, 실태를 연구할 때도 잊지 말아야 한다. 학교밖청소년이라는 이름 아래 비슷한 고민과 어려움을 공유하지만, 우리에겐 각자의 이름이 있다는 것을.

우리의 무모함은 틀리지 않았다

　'유레카!'의 순간이 모두에게 찾아오는 것은 아니지만, 나는 운 좋게도 열아홉 살 가을 무렵 그런 순간을 마주했다. 검정고시를 통해 일찍이 고등학교를 졸업하고 대학 진학을 고민하고 있던 때였다. 당장 전공하고 싶은 것도 없었기에 책이나 기사를 읽으며 닥치는 대로 정보를 수집하는 게 당시의 취미였다. 그러던 중, 한 기사에서 미국의 홈스쿨링 제도를 접한 것이다. 바로 '유레카!'의 순간이었다.

미국에서는 유치원부터 대학교 과정까지 모두 홈스쿨링이 가능하며, 교육 기관에서는 홈스쿨 코디네이터를 파견해 청소년들이 교육권을 침해받고 있지는 않은지 주기적으로 점검한다. 학교에 다니지 않는 건 그저 교육의 한 방향일 뿐이고, 교육 기관에서는 모든 교육이 잘 이뤄지도록 돕는 역할을 수행하는 것이다.

이 사실은 나에게 신선한 충격을 주었다. 학교에 다니지 않는다는 이유로 정규 교육을 버티지 못한 사람이라고, 사회에 녹아들 수 없는 사람이라고 비난받는 것에 익숙해졌기 때문이었다. 학교밖청소년이 비난받아야 할 잘못된 길이 아니라 단지 조금 다른 길을 가고 있을 뿐, 이 또한 바른 길임을 인정받는 기분이었다.

생각은 여기서 그치지 않고, 우리나라 학교밖청소년들에게도 홈스쿨 코디네이터가 꼭 필요한 존재라는 생각에 이르렀다.

'우리나라 교육 기관에 홈스쿨 코디네이터라는 직업이 생기려면 오랜 시간이 필요할 테니 지금 당장 내가 학교밖청소년들에게 직접적인 도움을 줄 수는 없을까?'

그 간단하고 막연한 생각만으로 <홈스쿨링생활백서> 홈페이지를 만들고 학교밖청소년들에게 필요한 정보를 수집해 전달하기 시작했다. 학교밖청소년들의 목소리를 듣고, 그들을 위한 행사를 열었다. 그렇게 함께 해주는 사람들이 하나둘 늘어나고, 어느새 6년에 가까운 시간이 지났다.

노동이 쌓이는 만큼 몸은 지쳐가지만, 청소년 기관들이 <홈스쿨링생활백서>의 소식을 스크랩해가는 것을 보면 여전히 처음과 같은 뿌듯함을 느낀다. <홈스쿨링생활백서>는 학교밖청소년들을 위해 누구보다 열정적이지만, 언젠가 사라져야 할 모순을 지닌 단체다. 정책의 빈틈이 사라진다면 더 이상 우리가 할 일이 없기 때문에. 그날이 올 때까지 우리는 쉬지 않고 차곡차곡 <홈스쿨링생활백서>를 쌓아나갈 것이다.

우리의 무모함이 틀리지 않았다는 그 사실이 증명될 때까지.

　이 책을 쓰는 내내 갑자기 글감이 떠오르면 부리나케 달
려가 책상 앞에 앉았다. 마치 헬륨풍선을 쥐기라도 한 것
마냥 노트북을 여는 사이 이야깃거리가 날아가기라도 할
까 전전긍긍하면서. 그리고 나는 그 과정을 꽤 좋아한다는
사실도 함께 알게 되었다.

　더불어, 각고의 노력 끝에 써낸 글이 그리 훌륭하지 않다
는 사실을 끊임없이 받아들여야 했다. 누군가는 겨우 이 정
도 글을 쓰면서 앓는 소리를 낸다고 생각할지도 모르겠다.
어쨌거나 나에게 글 쓰는 일은 기쁨과 절망의 연속이었다.
그러다 문득 10년 전, 학교를 떠나기로 결심한 후 담임 선
생님과 나누던 대화가 떠올랐다. 선생님은 학교를 떠난 후
무엇을 하고 살 것이냐고 물었다.

"저는 더 넓은 세상을 보고, 더 많은 책을 읽고 싶어요. 그리고 언젠가는 작가가 되고 싶어요."

사실 난 어릴 적부터 장기 목표에는 큰 관심이 없었다. 늘 눈앞의 작은 목표를 달성하고는 모든 걸 다 가진 사람처럼 기뻐하고, 그 기쁨이 사라지기 전 다음 계획을 세우는 식으로 지내왔다. 때문에 인터뷰 중 '10년 뒤의 나는 어떤 사람일까'와 같은 미래지향적 질문을 받으면 정말 당황스럽다. 나는 1년 뒤의 나조차 예상하지 않는 사람이니까. 그런 내가 10년 가까이 품어 온 꿈이 작가였다.

누군가 내게 '이 꿈을 이루기 위해 목표를 세분화하고 체계적으로 움직였는지' 묻는다면 당연히 그렇지 않다고 답할 것이다. 다만 매 순간 최선을 다했을 뿐이다. 놀 때도 열심히, 공부도 열심히, 일은 더 열심히. 그렇게 나는 지구 반대편으로 향했고, 수백 권의 책을 읽었고, 이렇게 책을 쓰게 되었다.

희망에 부풀어 교문을 박차고 나온지도 어느새 10년이 흘렀다. 지난 10년의 시대를 마무리하며, 또 다른 여정을 시작하며 새로운 목표를 세운다.

이 책의 마지막 장까지 넘겨주신 모든 독자 여러분을 증인으로, 부끄럽지 않은 역사를 만드는 사람이 될 것.

"제 삶의 증인이 되어준 모든 분께 이 책을 바칩니다."

우리의 정처 없는
학교 밖 삶이 계속되길.

송 혜 교

두 명의 자퇴생

자녀를 둔 엄마입니다

글 황옥선

저희 아이들은 각각 중학교와 고등학교를 자퇴했습니다. 어느 봄날, 열다섯 살이 된 둘째 딸이 처음 자퇴 이야기를 꺼냈습니다. 중학교에 입학한 지 얼마 지나지 않았을 때였습니다. 당시에 느낀 부모의 심경과 충격에 대해 많은 질문을 받곤 합니다. 기대와는 달리 저흰 자퇴를 전혀 반대하지 않았습니다. 애초에 학교는 사회에 필요한 일꾼을 가르치기 위해 만들어진 곳이니, 일률적인 평가와 기준을 가질 수밖에 없습니다. 따라서 저희 부부는 학교가 꼭 필수적인 것인가에 대한 고민을 늘 지니고 있었습니다. 홈스쿨링도 하나의 방법이라고도 생각했지요. 그래서 딸들이 초등학교에 들어가기 전부터 "학교에 다니는 방법도 있고, 안 다니는 방법도 있다"고 얘기해주었습니다.

딸들은 친구가 너무 좋다며 유치원과 학교를 다니는 쪽을 선택했습니다. 아이들은 종종 학교에서 일어나는 불합리한 일들에 대한 얘기들을 들려주었고, 그럴 때마다 늘 이렇게 답해주었습니다.

"그런 문제가 불합리하다고 느껴진다면 학교에 다니지 않는 것도 방법이 될 수 있어. 그건 너의 선택이란다."

그러다 얼마나 지났을까요? 작은 딸이 먼저 자퇴해보고 싶다는 이야기를 꺼냈습니다. 저와 남편, 딸이 모두 자퇴에 대해 이것저것 알아본 뒤 중학교 2학년 5월에 학교를 떠났습니다.

당시 고등학교 2학년이던 큰 딸은 이름 있는 고등학교에 다니고 있었습니다. 그런데 자퇴한 동생이 자기가 원하는 걸 찾아가는 모습을 보더니 갈등하는 것 같았지요. 이미 고등학교 2학년이니 조금만 더 학교에 다니면 졸업이라는 점, 힘겹게 경쟁해 들어간 학교라는 점 등으로 고민하는 모습이 보여서 원한다면 지금 자퇴해도 늦은 것이 아니라고 이야기 해주었습니다.

결국 작은 딸의 자퇴 한 달 후인 6월에 열여덟 살인 큰 딸도 스스로 결정해 학교를 떠났습니다. 중학생은 자퇴 선택이 없어서 정원 외 관리자로, 고등학생은 자퇴를 선택할 수 있어서 일정한 숙려 기간을 거친 후 자퇴를 하게 되었습니다. 그렇게 자퇴생이 된 딸들은 학교 밖에서 자라서 성인이 되었고, 각자의 길을 찾아 잘 살아가고 있습니다.

자퇴를 반대하지 않은 이유는, '선택할 수 있지만 가지 않는 것'과 '선택할 수 없는 곳에 미지의 세계를 두는 것'은 다르다고 생각했기 때문입니다.

자퇴는 무조건 안 된다며 반대하기보다는, 아이에게 다양한 선택의 폭이 있음을 알려주되 바른 선택을 할 수 있도록 많은 대화가 필요하다고 생각합니다. 최종적으로는 아이가 선택하는 것을 존중해주는 것이 제일 중요하지요. 그것이 아이와 부모가 서로에게 '믿음'을 쌓아나갈 수 있는 가장 정확한 방법이 아닐까 싶습니다.

아이가 먼저 자퇴하고 싶다는 이야기를 꺼냈을 때, 당황하고 충격받는 보호자가 굉장히 많습니다. 물론 당연합니다. 생각지 못한 일이라면 더욱 그럴 일이죠. 누구나 자퇴생 부모는 처음일 테니까요.

그러나 여기서 가장 중요하고 놓치지 말아야 할 것은 현재 아이의 학교생활이 편안하지 않을 확률이 굉장히 높다는 점입니다. (부모가 당황해서 아이의 SOS신호를 놓쳐서는 안 되니, 정신을 잘 가다듬어야 합니다.) 친구 관계건 성적 문제건, 학교에 대한 불만이건, 지금 아이가 굉장히 불편해하고 있다는 사실을 먼저 감지하고 아이의 말에 귀를 기울여야 한다고 생각합니다.

친구 관계가 문제라면 아이가 어떠한 상황에 놓여 있는지 좀 더 구체적으로 알아보실 필요가 있겠지요. 이때 '네가 알아서 해결해봐' 혹은 '조금 더 참아봐'라고 말하는 건 힘겹게 고백한 아이에게 너무 가혹한 말이니 꼭 피해야 한다고 생각합니다.

성적 문제라면 그 성적에 대한 고민이 부모로부터 비롯된 것은 아닌지 한번 점검해보실 필요가 있습니다. 아이를 위한다는 말로 성적에 대한 압박을 너무 주지는 않았는지, 그로 인해서 아이가 힘들어하는 건 아닌지 스스로 돌아본 뒤 대화를 나누는 편이 좋다고 생각합니다.

예전에는 '자퇴생은 문제아'라는 인식이 많았습니다. 실제로 문제를 일으킨 학생들이 자퇴를 하는 경우도 많았고요. 그러나 요즘 아이들은 참 다양한 이유로 학교를 떠납니다. 자퇴생을 바라보는 사회적 인식도 더디지만 조금씩 변화하고 있습니다.

자퇴가 무조건 나쁜 것은 아닙니다. 그러나 공부하기 싫다거나, 친구와 싸웠다거나 하는 문제 때문에 자퇴를 택하기에는 너무나 무거운 선택이라는 것을 알아야 합니다. 특히 아직까지 홈스쿨링이 흔치 않은 우리 사회에서는 더더욱 그렇습니다. 학교 밖의 어려움과 학교를 떠난 뒤 기울여야 할 노력에 대해 보호자가 먼저 찾아보고 제시해야 합니다. 아이는 학교를 벗어날 생각에 매료되어 자퇴에 대한 부정적인 내용을 찾아보지 않을 수 있기 때문입니다.

저희 딸들의 선택과 저의 생각이 자퇴를 권유하는 것으로 오해하지 않기를 바랍니다. 문제를 피해서 학교를 나가더라도, 그 길이 마냥 평안할 것이라는 보장은 없으니까요. 그러니 자퇴를 고민하는 청소년은 자신의 생각과 상황을 부모에게 솔직히 이야기하고, 부모는 아이의 말을 끝까지 충분히 들어주시고 함께 고민해보시라고 꼭 말씀드리고 싶습니다.

아이가 자퇴 얘기를 꺼냈을 때 무조건 안 된다고 답하는 것이 아니라 '같이 생각해보자'라는 뉘앙스만 전달해도 자퇴에 대한 욕망이 사그라드는 경우들이 많다고 합니다. 그저 이해받고 싶은 마음으로 자퇴 이야기를 꺼냈을 수도 있거든요. 아이가 오랫동안 자퇴에 대해 고민한 것인지, 현 상황을 벗어나고 싶은 몸부림인지를 알기 위해서라도 충분한 대화가 필요합니다.

학교에 다니든, 다니지 않든 아이에게 가장 편안한 곳은 가정이어야 합니다. 내게 어떤 고민이 있어도 부모님과 상의할 수 있다는 안도감이 있다면, 두려움이 사라집니다. 그렇게 자존감이 높아진 아이는 자퇴 여부와 상관없이 당당하게 살아갈 수 있겠지요.

아이가 "자퇴하고 싶어요."라고 말했다고 해서 너무 낙담하거나 당황하지 마시고 충분한 대화를 나누어주세요. 충분한 대화 속에 아이의 생각이 바뀔 수도 있고, 반대로 부모님의 생각이 바뀔 수도 있습니다.

어떠한 결론도 아이를 위한 것이라는 걸 잊지 마시길 바랍니다.